元王太子妃候補ですが、現在ワンコになって殿下にモフられています

モンドール
Mont d' Or Presents

fairy kiss

元王太子妃候補ですが、
現在ワンコになって殿下にモフられています

fairy kiss

プロローグ

「……全っ然上手くいかないじゃないの！」

ルイーザは非常に憤っていた。


国王・王妃両陛下や貴族たちの心証は悪くない。立ち居振る舞いだって、高位貴族に引けを取らないほどに磨いてきた。

殿方との会話でだって、出しゃばらずに相手を立てつつも決して己を愚かに見せることなく、理想の貴族令嬢として振る舞えていたはずだ。

それなのに、肝心のヴィクトール王太子殿下を射止められずにいた。

むしろ、若干避けられてすらいるのだ。

王宮で定期的に開かれる舞踏会。今年の社交シーズンは、王家主催のものが例年よりも多く開催されていた。

というのもこの国の国王夫妻の一人息子であるヴィクトール王太子殿下が結婚適齢期だからであ

る。

　二十三歳になっても婚約者を決めようとしない息子に業を煮やした国王夫妻が、『次代を担う若き貴族たちの顔つなぎの場』と称したお見合いパーティを大々的に開いているというわけだ。

　参加する資格があるのは伯爵家以上という括りはあるものの、王太子に適齢期の娘を売り込みたい者や、子息の人脈を広げたい者たちがそこに集う。

　伯爵家の娘であるルイーザ・ローリングもそういった体で連れてこられたうちの一人。

　婚約者候補者たちの中では身分が高くないが、作法・教養共に非の打ちどころがなく、顔立ちは少々きつめであるものの、髪も肌も体形も本人（と侍女たち）の努力の末に磨き上げられた最上の状態。ドレスや髪型も常に流行を捉え、親世代のご婦人たちから一目置かれている。

　城勤めをするローリング伯爵は国王からの信頼も厚く、ルイーザは一伯爵令嬢でありながら王太子の婚約者候補筆頭であった。

　すべては、次期王妃の座を射止めるため。幼い頃から我武者羅に己を磨いてきた。

　なのに全く上手くいかず、うっかり果実酒を飲みすぎてしまった。

　そのせいか頭が痛い。伯爵家に宛がわれた休憩室のソファで、額を押さえながら先ほどのことを思い出す。

　無駄に煌びやかな内装が目に痛く、頭痛を更に加速させてゆく――

＊＊＊＊＊

舞踏会に王家の人々が入場し、場が大方温まってきた頃。

ホールに降りていた王太子はすぐに二～三人の令嬢に囲まれた。

氷のような美貌を持つと言われている王妃に似て端整な顔立ちでありながら、穏やかな気性が表れた優し気な目元のおかげで冷たさなど一切感じさせない容貌をしている王太子は、その尊い身分も相まって多くの女性たちの憧れの的である。

そんな彼が今年のシーズン中に伴侶を決めると大々的に告知したとなれば、野心を燃やす貴族の娘や、彼に恋心を抱く娘たちが集うのも無理はない。

王太子はいつもと変わらず柔和な笑みを湛え、令嬢たちの言葉に応えている。

誰に対しても礼儀正しく、紳士的でありながらも決して一定の距離を崩さず、今のところ誰も特別親しい関係にはなれていない。ルイーザも、顔を合わせる度に挨拶をしているが未だに手ごたえは感じられていない。

実際に会話をしてみても愚鈍といった印象はないし、自分を含めてアピールをする令嬢たちを蔑ろにするようなことはしないので誠実な人柄なのだろうとは思うのだけれど、誰に対しても変わらない対応をするせいか張り合いがないと思ってしまうこともある。

それでも、目的のため――次期王妃となるために、ルイーザは彼の心を射止めなくてはならない。

いつもの流れであれば時間が経過するごとに王太子を囲む令嬢が増えていくため、ルイーザは今のうちに挨拶をしようと考えた。

「きゃぁ」

あと僅(わず)かで、王太子殿下のもとにたどり着くと思ったところで、目の前にいたストロベリーブロンドの令嬢が躓(つまず)き王太子にまとわりつくように抱き付いた。

「も、申し訳ございません……」

令嬢――メリナ・ノイマン伯爵令嬢は、すぐさま王太子に謝罪をすると、ちらりとルイーザを見る。

(え……何?)

怪訝に思い首を傾げると、メリナがびくりと肩を揺らす。

ルイーザが近寄ったタイミング、この距離、行動。

この状況で、自分たちが周りからどう見えるのかルイーザは瞬時に理解した。

(まるで私が突き飛ばしたみたいじゃ――)

「……ルイーザ嬢、人が多いところでは前方に気を付けた方がいいよ」

「……!」

困ったような表情で、ヴィクトール王太子が言う。彼から見てもまた、ルイーザがメリナを突き飛ばしたように見えたのだ。

ふわふわとした砂糖菓子のように可愛(かわい)らしい容姿と時折見せる無垢な少女のような笑顔、小動物のような頼りなげな仕草をするメリナは同年代の男性から非常に人気が高い。

もちろん、ルイーザはそれが上辺のもので、実際はかなり強かな部類の女性であることを知っている。

唖然としているルイーザをよそに、メリナは健気な表情で口を開く。

「違うのです、わ、私も周りを見ていなかったので……私の不注意でごめんなさい、ルイーザ様」

「あら……手練れの武人でもない限り、後ろから近づく人物を避けるなんてできませんわ？」

メリナの援護をするように、近くの令嬢が言った。ヴィクトールと令嬢たちの目が、ルイーザに向かう。

もちろん、ルイーザはメリナに一切触れていない。近くまで来ただけだ。

（や、やられた……!!）

困ったような王太子の目と怯えたようなメリナの目。

そして蔑むような令嬢たちの目。

援護をした令嬢も、決してメリナの味方ではないと思うが、婚約者候補筆頭と目されるルイーザを蹴落としたいのだろう。

ルイーザは歯噛みしたが、ここで言い訳をしても仕方がない。完全にこちらがぶつかったと思わせる状況を作られてしまった今、何を言っても容易には覆らないだろう。

何もメリナにしてやられたのはこれが初めてではない。家格が同じ伯爵家であるせいか、互いに意識することが多く、ちくりちくりとした嫌味の応酬などは今までにも多少はあった。

女性だけの茶会であれば、社交界の中心となる夫人たちとの人脈を重視するルイーザの方が若干

有利ではあるが、今の状況では分が悪い。愛想が良く、顔立ちも仕草も花のように愛らしいメリナは、独身の令息をはじめとする男性陣からの人気が非常に高いのだ。

　ルイーザは内心で盛大に溜息（ためいき）をつきながら、なるべく優雅に礼をとった。

「王太子殿下にご挨拶を申し上げたかったのですが、本日は少々体調が優れずふらついてしまいました。メリナ様、申し訳ございません。お怪我はございませんか？」

「そ、そんな！　大丈夫です！　殿下が支えてくださいましたから……」

　ぽ、と頬を染めたメリナは可愛らしい顔を王太子に向ける。白々しい、と眉をひそめそうになるのを懸命に堪（こら）えてルイーザは再び王太子に礼をとった。

「……王太子殿下、ご無礼を申し訳ございません。本日はこれにて失礼いたします」

「ああ、大事にするようにね」

　明らかに、ヴィクトールの表情がほっとした。「揉め事にならなくて良かった」と顔に書いてある。

　ルイーザは確かに少々気の強さが表れた顔立ちをしているし、物言いがきつくなることもある。礼儀がなっていない相手には苦言を呈することもあるし、相手から喧嘩を売られた時には買うことも多いが、常識から外れた行いはしていないし、多少の嫌味や牽制など貴族社会ではままあることだ。言われっぱなしでいれば気概がない、誇りがないと舐められてしまい逆に今後の立場が悪くなる。

　それでも、こんな場で揉めるような愚かなことなどするつもりはないというのに。

そんな浅慮な人間と思われているのかと思うと、悔しさや悲しみ、怒りがないまぜになったような感情を抱いてしまう。

ギリリと扇を握りしめながらも、あくまで憤怒を悟られず、優雅に見えるよう、ゆっくりと踵(きびす)を返す。

体を後方に向ける瞬間――一瞬ではあるけれど、メリナの薔薇色(ばらいろ)の唇が僅かに弧を描いた。

(……!!)

言い訳一つする隙もなく濡れ衣を着せられたこと。

王太子の困った表情。

そして、メリナが最後に見せた笑み。

腸(はらわた)が煮えくり返る、とはきっとこういうことを言うのだろう。叫び出したい気持ちを淑女のプライドゆえに呑み込み、ダンスホールから出る。

トレイを持ちながら会場内を回る給仕の一人から果実酒のグラスを差し出されたので、ニコリと笑いグラスを受け取った。

王太子が踊るということで、人々は皆ダンスホールに注目した。今、彼と手を取り合っているのは忌まわしきメリナ・ノイマン伯爵令嬢だ。

どうせ誰も見ていないからと、ルイーザはグラスを傾けて一気に果実酒を呷(あお)る。

果実の甘みと酸味が喉を通る。アルコールが弱いものではなかったらしく、喉から胃にかけてがじわりと熱くなった。

苛立つ気持ちを落ち着かせようと、大きく息を吐き出したところに、父ローリング伯爵が声をかけてきた。

「ルイーザ、王太子殿下のところへは行かなかったのかい？」

「お父様……。ええ、少々誤解をされてしまったの。収拾がつかなくなる前に下がってきたわ」

ルイーザの言葉を聞いて、王太子をめぐって令嬢たちと何かあったと察したのだろう。伯爵は、身を屈めて周りに聞こえないよう小声で話した。

「そうか……。辛かったら、いつでも辞退していいんだからね。私たちは、お前の幸せだけを願っているのだから」

娘が王太子妃の座を射止めるというのは、貴族にとって何よりの誉れだ。けれど、父は心からそれを望んでいるわけではない。むしろ同格の貴族と縁づき穏やかな生活を送ってほしいとすら思っているようだ。

父の心配を嬉しく思うものの、王太子妃の座を望んでいるのは、両親ではなくルイーザ自身だった。

ルイーザは緩く首を振る。今回は出し抜かれてしまったが、完全に負けたわけではない。

「私はまだ、諦めません。でも、今日はもう下がろうと思います。先に、休憩室で休んでおりますね。あら、お母様は？」

「ああ。マチルダはあちらでご夫人たちと話をしているから、ひと段落ついた頃を見計らって声をかけるよ。休憩室で待っていなさい」

＊＊＊＊＊

先ほどの出来事を振り返ると、燃え上がるような悔しさが襲う。

頭痛に加え、目の奥も痛くなってきたようだ。

次期王妃になることに、ルイーザは幼少期から全てを捧げてきた。

貴族女性が必要以上に知識を身につけることは、「可愛気(かわいげ)がない」と忌避されがちだけれど、王妃を目指すためには必要だと両親を説得して勉学にも励んだのだ。


ルイーザが「王妃になりたい」などという上昇志向を抱いたきっかけは、外交官をしている叔父が外国のお土産(みやげ)として贈ってくれた一冊の本だった。

「叔父様、私はもう小さな子供じゃないわ。絵本は卒業したのよ」

叔父から絵本を渡された八歳のルイーザは、そんな言葉を返した。今思い返しても、可愛気のない子供である。

しかし、ルイーザは幼い頃から勉強面では非常に優秀だった。八歳になる頃にはとっくに絵本を卒業して、様々な本を読むようになっていたのだ。

絵本なんて、その頃のルイーザにとっては面白くもなんともない。全て同じようなありきたりのもの。祖父母の代から変わらない定番の昔話が、作家を代えて何度も出版されているだけの子供向けの娯楽としか思えなかったのだ。

そんな可愛気に欠けるルイーザの態度を気にする風でもなく、叔父は優しく微笑んだ。

「きっとルイーザは気に入るよ。開いてごらん」

渋々と、ルイーザは本を手に取る。普通の絵本よりもいくらか分厚く、頁の間に何かが挟まっているかのように少し紙が浮いている。

ぱき、と厚い紙が擦れる音を微かに立てながら、恐る恐る本を開く。

その瞬間、王城の一室が現れた。紙で作られた立体の家具の上を、キラキラとした光が舞う。

「仕掛け絵本と言ってね。開くことで折られていた紙が飛び出るようになっているんだ。キラキラしたものは、ここに埋め込まれた小さな魔石から出ているんだね」

「すごいわ！　綺麗！　……でも、字が読めないわ」

「これは王女の誕生の場面だね。ほら、ここに王妃がいて、産婆もいるだろう。この絵本は全ての頁に、色々な仕掛けがあるんだ」

叔父の指が、紙で作られた人型を指す。

「叔父様、こんなに素敵なものをありがとう。……文句を言っちゃってごめんなさい」

「素敵と言ってもらっただけで十分さ」

ルイーザの言葉を聞いた叔父は、お茶目にウインクをした。

外交官をしている叔父は頻繁に国内外を行き来しているために滅多に会うことはないけれど、こうして会うたびにルイーザのことを可愛がってくれる。

「不思議ね。こんな絵本、見たことないわ」

「先日までいた国では、これは子供に贈るちょっと小洒落（こじゃれ）たプレゼントの定番なんだって。その国は製紙技術が高くて、芸術を尊ぶ国だったからね」

こんなに素敵で特別な絵本が定番と聞いて、ルイーザは驚いた。この国では、絵柄こそ様々だけれど絵本は全て似たり寄ったりだったから。

更に言えば、魔術は日用品に使われることはあっても、このように娯楽……ましてや子供向けの玩具（おもちゃ）に仕込まれるなんて聞いたことがない。

ルイーザは、夢中で絵本を眺める。頁を捲（めく）るたびに現れる新たな仕掛けに感動した。

「知らなかったわ。国が違うと、こういうのも全然違うのね」

「うちの国は少し保守的で、あまり外国の文化を取り入れようとしないからね。だからこそ、外の国を見るのはとても面白い」

「……外国にはこんなに素敵なものがあるのに、どうして保守的なのかしら？」

「もちろん、保守的なのは悪いことばかりではないんだよ。保守的だからこそ、守られている国独自の文化というものもある」

「他の国の良いところも、この国では取り入れないの？　それってすごく勿体（もったい）ないことだと思うわ」

ルイーザの問いかけに、叔父は困ったように微笑んだ。

「全く取り入れていないわけではないけれどね。私たち外交官は、異国の文化を受け入れることに慣れているけれど、普通はそうじゃない。人々の中には、知らないことを知るのを素敵と思える人と、怖いと思う人がいるんだよ」

「……？　よくわからないわ」

首を傾げるルイーザの小さな頭を、叔父が優しく撫でる。その手つきが、ルイーザは好きだった。母の弟だからか、少し母の撫で方と似ているのだ。

「外交官の人と結婚すれば、私も異国のことをたくさん知れる？」

「……どうだろうなあ。この国の婦人は、あまり外を出歩かないからね。妻を国に置き、単身赴任する者も少なくないから、夫となる人次第かなあ」

「女だと、あまり外国に行けないのかしら？」

「王妃様なら、国賓を招いたり稀に陛下についてご公務で異国を訪問したりしていたよ」

叔父はなんとなく答えただけだったと思う。

しかし、その瞬間ルイーザの中で将来の夢が決まってしまった。

抱いたのは、知識欲。自分の知らないことを知りたいと思ったのだ。働くことが推奨されない貴族の女性の中で、働くことを求められる女性――王妃になりたいと。

まだ結婚や恋愛に夢見る年頃にもなっていなかった幼いルイーザが、突然王妃になりたいと宣言したことで父は顔面蒼白。母は「娘に何を吹き込んだの」と叔父を叱りつけた。

姉である母に叱られてしょんぼりと肩を落とす叔父を少々可哀想に思ったけれど、ルイーザの知りたいと思う気持ちは止められなかった。

それから、ルイーザは両親に頼み込んで更に勉学に励むようになり、図書館に通っては異国の本も読み漁った。多くの友好国の言葉も覚え、知らない世界に夢中になっていった。

成長し、書物で異国の知識を得るにつれ、この国にはない制度や歴史、文化の虜になっていく。

例えば、国民の学力の水準を上げる学校制度。例えば、孤児たちを救う福祉制度。

反面、保守的なこの国で異国に心酔しすぎると、時には売国奴のごとき扱いを受けることも理解できるようになった頃には、新しいものを取り入れることと古き文化を守ることの匙加減についても考えるようになった。

最初のきっかけは、素敵な絵本だった。自分の知らない素敵なものを、もっと知りたい、周りの人にも知ってほしいと。

新たな知識を得ることの素晴らしさを広げるのがルイーザの夢だった。

しかし知識を得るのも、生かすのも、貴族の一夫人では難しい。この国の最高位の女性になるのが一番だと子供心に思ったのだ。

色々なことを学んで考えるようになるにつれて、自分が王妃になった時にやりたいことが増えていった。そのために必要なことは何でも学んだし、積極的に社交に勤しんで人望だって集めた。

王太子と顔を合わせられるようになってからも、彼に気に入られようと淑女らしい振る舞いを心掛けたり、嫌味にならない程度の教養を会話に滲ませたりとアピールしてきたつもりだ。

王太子に対して、流行りの舞台やロマンス小説で描かれるような恋情があったわけではないけれど、彼は物腰が柔らかく横暴な人ではないし、振る舞いも王族らしく品がある。そんな彼の伴侶となるのは悪いことではないと思っていた。

――ただ、肝心の王太子の心を射止めることができていないだけで。

頭の痛みを誤魔化すように片手で瞼（まぶた）を覆いながらソファに寄り掛かると、部屋にノックの音が響き両親が入ってきた。

「ルイーザ、大丈夫かい？」

「……まあ、どうしたの、真っ青じゃない！」

「お父様、お母さ……ま……うぅ」

痛むのは頭だけではない。体中が痛い。体中の節という節が、軋（きし）むような音を立てた気がする。

ルイーザは体勢を維持していられなくなり、ソファから崩れ落ちるように蹲（うずくま）った。

「ルイーザ！　ルイーザ！」

「う、うう……痛……」

焦ったように自分を呼ぶ両親の声が、段々と遠くなる。

関節が痛い、体が熱い。更に、骨が歪（ゆが）むような感覚が襲う。

次の瞬間、皮膚の上を何かが這うようなぞわりとした感触が全身を襲い、ルイーザは息を止めた。

ぱきぱきと体内の何かが軋むような音が響き、寒くもないのに鳥肌が立つ。呼吸が浅くなり声も出せないまま身を縮ませて、突然の異変をやり過ごそうとした。

「ルイーザ!?」

父が息を呑む音と、母の叫び声を最後に、体の異変がすっと止まる。

(な、なんだったの……？　もしかして、毒でも盛られた……？)

「マチルダ！」

無言でいる両親に目を向けると、母はふっと意識を失った。父は慌てて母が倒れないよう抱きかかえるも、その顔は蒼白で、唇が微かに震えている。

「わぅん」

(お父さま、どうなさったの？)

「わぅ」

(あれ、声が出ない？　心なしか、視界も低いような……あら私ったらなんで四つん這いなのかしら、はしたないわ)

急いで立ち上がろうとしても、体が上手く言うことを聞かない。頭に疑問符を浮かべながら父に再び目を向けると、父は震える指先で窓を差した。

夜の闇を映した大窓は、室内の光によって鏡のようになっている。

そこに映るのは、窓を指差す父と、父に支えられて意識を失っている母。

対峙するような位置でこちらを見返しているのは、今までルイーザが身に着けていたドレスから顔を出した、大きな犬だった。

一．さようなら令嬢生活!?

窓に映る自分の姿を目にしたルイーザは、気を失いかけた。叫ばなかっただけまだましだろう。王宮の一室から犬の遠吠えが聞こえたら大問題である。

伯爵家に宛がわれた休憩室には、未だ顔色が戻らない父と瞳に涙を溜める母。そして、豪華な城の一室には不釣り合いな、大型犬がいた。

両親の目の前で、ルイーザは犬の姿に変わってしまったのだ。

セピア色の瞳は元のまま。全身に纏（まと）う毛も、人間の頃と同じくチョコレート色だけれど、三角の耳はピンと上に立ち、鼻先は太く長い。ふさりとした大きな尾もついている。どこからどう見ても逞（たくま）しい犬である。

「ああ、なんてことだ……可愛いルイーザがこんな姿に……」

「ルイーザ……やっぱりルイーザなのね。可哀想なルイーザ……」

父が片手で顔を覆い、母はルイーザを抱きしめた。

最初は気を失ったけれど、意識が戻り夢ではなかったことを理解した母は、こんな姿でも迷わずにルイーザを抱きしめてくれる。母のぬくもりに、犬の姿だけれど涙が出そうになった。

「貴方(あなた)……ルイーザが元に戻る方法をなんとしても探さないと……こんな姿……あまりにも……あら、すごく毛艶がいいわね……流石(さすが)ルイーザだわ」

（……お母さま、撫で方が娘に対してのものじゃなくなっているわ。あっ……首元はダメ……耳元もダメ……！）

背中を優しく撫でていた母の手がいつの間にか首元や耳の後ろをわしゃわしゃと撫でまわす。ルイーザは思わず腹を見せてしまいそうな衝動をグッと堪(こら)えた。

「マ、マチルダ！　落ち着きなさい。犬の姿だけれどルイーザだ！」

「あっ、あらやだ、ごめんなさいねルイーザ」

ほほほと笑って誤魔化す母をルイーザは恨めし気な目で見つめた。

人間時の特徴を引き継ぎ毛艶が良いのは認めるが、あれは完全に犬扱いした手つきだった。父が止めてくれなかったら今頃、ルイーザはあお向けになり母は腹を撫でまわしていたことだろう。

「……この人知を超えた力は、多分魔術によるものだと思う」

「くぅん……（魔術……）」

（言葉も話せなくなったのね……）

筆談しようにも、犬の手ではペンなど持てない。何を話しても、わふわふクンクンと人語にはならなかった。ルイーザはしょんぼりと耳を寝かせる。

「魔術って、姿を完全に変化させることなんてできるの？　変化といえばせいぜい、髪や目の色を変える程度ではなかったかしら」

母が首を傾げる。

この国には、魔術を扱う人物が少数ではあるが存在する。しかし、魔術とは決して何でも可能にする夢のような力ではない。冷気を出したり、逆に暖めたり、光を発したり、何かの色を変化させたりといったことが主な用途である。

もちろん、清潔な水や十分な灯り、室温の維持といった生活の根幹を支える非常に大事な技術であることに変わりはないが、何かを無から作り出したり、逆に消失させたり、元の形を大きく変形させるような事例は聞いたことがない。

「私は専門家ではないのでわからないが……。他に可能性がない。陛下に頼み、魔術師に相談しようと思う」

「ええ、私たちだけで悩んだところで、きっと何もできないものね……」

母が悲しそうに眉尻を下げてルイーザを撫でる。毛並みを楽しむような手つきはもう気にしないことにして、ルイーザは母の愛に感動した。

「舞踏会中ではあるが、どうにか時間を作ってもらえるよう陛下に願い出てくる。ルイーザ、マチルダ。少々待っていてくれ」

父が出ていった扉を暫く眺めたのち、ルイーザは心の中で溜息をついた。

心配そうな表情の母と目が合うと、できるだけ安心させるように微笑む――ことはできなかったので、仕草で伝わるように母の手のひらに額を擦り寄せる。母は、そのたおやかな手で無言のまま、ゆっくりと頭を撫でてくれた。

どうして、こんなことになってしまったのだろうか。王太子妃の座を目指して、幼い頃からあらゆる方面で頑張ってきた。

王太子の心は射止められていないけれど、貴族たちの評判は悪くないし、国王夫妻にも悪い印象は与えていないはずだ。

ライバルたちには多少意地悪をすることもあったけれど、同じように意地悪をされることだって少なくなかった。

しかも、ルイーザは弱い立場の令嬢を一方的に責めるようなことなどしていない。同格の者と牽制し合ったり、やられた分をやり返したりしてきただけだ。

犬の姿になるような、悪いことをしたのだろうか。

ぼんやりと考えていると、どれほどの時間が経過しただろうか。室内に再びノックの音が響く。父が戻ってきたようだ。

随分と待ったことだし、陛下と話すことはできたのだろう。しかし、父は浮かない表情をしている。話し合いの結果は、良くないものだったのだろうか。

「まず、陛下から城付きの魔術師への相談の許可が下りた。城内で起こったことだから、問題ないとのことだ」

母とルイーザは二人で胸を撫で下ろした。

もし城付きの者に相談できなければ、フリーの魔術師を探さなければならなかった。

魔術師の存在は非常に希少である。殆どが研究者として城に所属しており、所属していない魔術師は総じて人嫌いなのだ。探し出すことすら困難な上、彼らは基本的に利を求めない者が多い。つまり高額の金銭を積んでも興味を引けなければ依頼を受けてもらえない可能性がある。

一旦、「相談できる魔術師を見つける」というところまではクリアできた。しかし、だとしたら父の浮かない表情は何だろうか。

重々しい口調で、父は言葉を続けた。

「陛下に聞いたところ、やはり人が犬に変化するなど前例がないそうだ。解析には時間がかかる可能性があるため、表向きルイーザは体調不良のために領地で療養をする、ということになる。ルイーザには酷だと思うが……王太子殿下の婚約者候補は事実上の辞退となるだろう」

「くぅん……」

「そんな……ルイーザ……」

母が涙を浮かべ、父は悔しそうな表情をした。

両親はルイーザが王太子妃を目指すことを心配はしていたけれど、血の滲むほどの努力をしていたことも知っているのだ。

しかし、父の表情の理由は、それだけではないようだった。

「そして、解析のためにルイーザ自身を邸に連れ帰ることもできない。暫くは王城に留まってもらうことになる」

「ルイーザは、この姿なのに……!?」

母は悲痛な声を上げてルイーザの体をぎゅっと抱きしめた。

犬の姿で、客人として王城に滞在するのはまず無理だろう。例えば小型犬サイズであれば、母が愛玩犬として連れ歩くこともできたかもしれないが、ルイーザの姿は人間の子供よりも大きく立派な体軀を持つ大型犬だ。

嘆く母から、父は気まずそうに目を逸らした。

「幸い、犬種は王城の裏庭の警備をしている番犬と一緒だ。だから、その……、……暫くは、番犬の振り……をしてもらうことになるだろう……」

「そんな……」

(嘘でしょ――!?)

狭い室内に、「アオーン」と犬の遠吠えが響いた。

＊＊＊＊＊

「力になれなくてごめんなさい、ルイーザ……時々様子を見に来るわ……」

「すまない、すまないルイーザ……」

「くぅん、くぅん」

(お父様もお母様も悪くないわ)

そう、両親は何も悪くない。悲しそうな顔をする両親を見て、ルイーザの方が逆に申し訳なくなる。

ルイーザ自身絶望しているが、一人娘がこんな姿になってしまった両親だって、悲しんでいるのだ。

涙を溜めながらルイーザを撫で、両親は一旦帰路についた。

ルイーザが犬になったことを知るのは、王と側近の一人、そして一部の魔術師と両親だけである。つまり傍から見れば、一臣下である伯爵夫妻がこの場に留まるのは非常に不自然なのだ。

(お父様もお母様も悪くない。……のだけれど……番犬の振りとは言われたけれど……)

ルイーザが人目を避けるように連れてこられた建物は、彼女が思っていたよりもずっと清潔感があった。掃除の行き届いた室内に、ふかふかのベッド。

扉はないけれど、トイレだって別室に設置されている。

(普通に犬舎に放り込まれるとは思わなかったわ!!)

ここは、番犬たちが多く飼育されている犬舎だった。

ルイーザが宛がわれた部屋には、新しく追加されたルイーザ用のベッド(もちろん犬用の丸いベッドである)を含めて、五つのベッドが設置されている。

つまりこの部屋には四匹の先住犬がいた。王宮の番犬の雌犬用の部屋である。

少し明るい茶色い犬が二匹、黒い犬が一匹、そしてルイーザと同じチョコレート色の犬がいるが、いずれも犬種はルイーザと同じものらしく、大きく立派な体つきをしている。

夜も遅い時間帯のせいか、各々のベッドの上からこちらを眺めている。

（どうしよう、これ、挨拶とかするべきなのかしら……？）

「わふん」

（ごきげんよう）

新入りを見ていた先住犬たちに、お座りの体勢から尻尾を振ってみたのだが、興味がなさそうに顔を背けられる。

王太子妃候補は辞退になるし、両親には置いていかれるし、挙句犬に無視される。遣る瀬無い気持ちになった。無視されずに犬の挨拶――お尻の匂いを嗅がれてもまあ困るのだけれど。

ルイーザは諦め、ベッドの上に丸くなった。

生まれて十八年。令嬢としてしか生活したことがなかったのに、暫く番犬の振りをしろだなんて。明日から、ちゃんとやっていけるのだろうか。

そもそも、番犬の振りとは何をしたらいいかもわからない。もちろん、本格的に番犬をする必要はないのだろうけれど、少なくとも、犬らしく振る舞う必要はあるだろう。

今日は本当に踏んだり蹴ったりだ。数時間前までは綺麗なドレスを着て、ダンスを踊り貴族と話し、まっとうな令嬢として社交に勤しんでいたというのに。

更に、舞踏会での出来事――王太子と令嬢たちの視線を思い出す。

あの時はひたすら怒りが湧いていたけれど、今は無性に悲しくて悔しい。小さい頃から頑張ってきて、娯楽の時間も全て勉強に充てていたというのに。

「くぅ～ん……」

（なんでこんな目に遭わないといけないの……）

思わず涙がこぼれる。犬の姿でも、人間と同じように涙を流せるのかとどこか冷静な自分がいて驚いた。

その次の瞬間、一匹で寝るには少々大きいベッドの端が少し沈む。

ルイーザの目の前には先ほど無視をしてくれた、大きな黒い犬がいた。窓から月明かりのみが入る薄暗い部屋に、ぼんやりと黒い体と金茶の瞳が浮かんでいる。

犬はペロリとルイーザの頬を舐めると、ルイーザに体を寄せて眠る体勢に入った。

（ホームシックになった新人だと思って、慰めてくれているのかしら？）

鼻先でつついてみると、ちらりと煩わしそうな目を向けられるが去る様子はない。

（お姉様がいたら、こんな感じだったのかしら）

寄せられた体温の温かさに、ささくれだっている心がほぐれたような気持ちになり、ルイーザはゆっくりと眠りに落ちた。

二．こんにちは犬生活!?

犬の朝はとても早い。夜会や舞踏会の翌日は、昼近くまで寝ているルイーザだけれど、カーテンのない窓から容赦なく入る太陽光のせいで日が昇る時間に覚醒してしまった。

慣れないベッドに慣れない体勢で寝たため、体はバキバキ……になると思ったのだけれど、案外寝起きは悪くない。

とりあえず起き上がり、体をほぐすようにブルブルと震わせた。意外にすんなりと犬の仕草ができてしまうものである。

昨日慰めてくれた黒い犬は自分のベッドで伏せているけれど、ルイーザのベッドの凹みを見ると、つい先ほどまで隣に寝ていたことがわかる。

「くぅん」

（ありがとう、貴女（あなた）のおかげで昨日の夜は暖かかったわ）

お礼のつもりで声を出してみるけれど、ちらりと一瞥（いちべつ）されて終わった。優しいけれど愛想はないようだ。

ルイーザの耳に、遠くから人間の足音が届いた。犬になったおかげか、耳も良くなったらしい。

足音の主は徐々に近づいてくるようだ。心なしか、美味しそうな香りも近づいてくる。

暫く待っていると、ルイーザたちの部屋の扉が開いた。

「お前たち、朝ご飯だぞー」

器用に銀色のボウルを五つ持ちながら入ってきた壮年の男性は、笑顔で声をかけながら一つ一つボウルを床に置く。

反応した先住犬たちがわらわらとベッドから出て、お行儀良く各ボウルの前に座る。

(え、まさか……この私に、床から食事をしろというの⁉)

一般的な令嬢……どころか普通の人間はまず、床に顔をつけて食事をとることなどないだろう。ルイーザにとっても当然未経験であるし、犬のように這いつくばって食事をとるなんて屈辱極まりない。犬だけれど。

「わふ！　わふわふ！」

(ボウルでいいから！　せめてテーブルを用意してちょうだい！)

「おお、遊んでほしいのか？　ご飯が先だぞ～！」

(ちっがーう‼)

必死に抗議するも言葉が通じない。壮年の男性は、ルイーザが甘えてきていると誤解したのか笑顔で頭を撫でてきた。憮然とした気持ちになり、ルイーザは首を振る。

「どうした、食べないのか？　体調悪いのかな？　ここに来たばかりだしなぁ」

男は心配そうな表情で、ルイーザ用のボウルを近づけてきた。

ホームシックも否定できないけれど、今の問題はそこではない。食事そのものだ。ちらりと床に置かれたボウルに目を向けて、更にルイーザはぞっとした。

（な、生肉ぅ……！）

ボウルに入ったのは、茹でられた野菜が少々と、火が通っていない生肉である。

野菜は、まあいい。問題は生肉である。令嬢に生肉を食べろとはどういうことだろうか。

王は、父は、この仕打ちを知っているのだろうか。更なる屈辱を受けたルイーザの胸に、めらめらと怒りが湧いてくる。

「ほら、この肉は人間でも平民は食べられないような高級品だぞ。美味しいから食べな」

ずずいとボウルが差し出される。今のルイーザは、耳と同じく鼻も利く。左右を見ると他の犬たちはボウルに顔を突っ込み食事をとっている。

再度自分のボウルを見る。

そう、今のルイーザは犬なのだ。心は令嬢だけれど、少なくとも体は犬である。つまり、目の前のボウルからは美味しそうな匂いを感じてしまうのである。

（う、うう……これは、仕方なくよ！　食事をちゃんととらなければ、体が戻る前に餓死してしまうもの！）

意を決して生肉と野菜が入ったボウルに顔をつけた。真上から、壮年の男性がホッと安堵の息をつく音が聞こえる。

しかし、ルイーザはそれどころではなかった。

(うっ……どうしよう……)

一口食べた瞬間、体に電撃のようなものが走る。自分をどうにか保とうと、必死に理性の糸を手繰り寄せるが襲ってくる本能に抗えない。

(美味しい！　お肉美味しい！　どうしよう、こんな美味しいお肉初めて……!!!!)

太い尻尾をぶんぶんと振りながら、ルイーザは食事——生肉にがっついた。

＊＊＊＊＊

食事後、ルイーザは精神が削られていた。

あまりの美味しさに我を忘れて食事をしてしまったのだ。突然のがっつきっぷりに飼育員と見られる男は嬉しそうに「良かったな～」と撫でてきたが、ルイーザ的に全然良くはない。

(どうしよう、人間に戻っても生肉を欲する体になってしまったら……)

ドレス姿で生肉を食べる自分を想像して、慌てて顔を左右に振った。

恐ろしすぎる。あの穏やかな王太子は、生肉を食らう令嬢を見てどう思うだろうか。顔を引きつらせながら見て見ぬふりをするところまでありありと想像できてしまった。

いや、王太子どころか普通の男性ですら、生肉を喜んで食らう令嬢と交際したいなどとは思わないだろう。

更に、隠していたとしても犬として生活した時期があったことが露呈しないとは限らない。今のところ信頼できる人にしか明かしていないとはいえ、情報がどこから漏れるかなんてわからないのだから。

もしかしたら同情くらいは得られるかもしれないが、一時期でも犬として地面に這いつくばっていた女性を伴侶に、と考える人がいるとは思えない。それが高貴な身分の男性であればなおさらだ。

ルイーザは物思いにふけるように青空を見上げた。

そう、今のルイーザは城の裏門から王宮までを守る番犬である。

食事後に外に出され、何をしたらいいのかわからずに右往左往していたのだが、先輩たち（犬）はなんてことないように歩き回っているので、ルイーザも真似をして適当に歩いていた。

王宮の内部にある花が咲き誇る庭園とは違うけれど、整えられた芝生と等間隔に植えられた木々からは庭師の手がきちんと行き届いていることがわかる。

裏門から出入りするのは、主に使用人や私的に王族に呼ばれた人たちだけなので、あまり人の姿はない。

（不審人物を見かけたら吠えればいいのかしら？）

根が真面目で勤勉なルイーザは、雰囲気に呑まれて番犬の職務を全うしようとしていた。時折使用人らしき人が通りがかるが、他の犬たちは反応せず興味なさげに歩いている。

（どうやって不審人物を見分けるのかしら？　怪しいぞーって雰囲気が匂いとかでわかるの？）

悩みながらも、他の犬に倣い周囲を警戒するように歩き回る。

そのうちに、ルイーザはなんだか歩くこと自体が楽しくなってくる。

令嬢であった頃は、日焼けを避けるために日中の外出時には必ず日傘をさしていた。このように身軽に歩き回るなんて、初めてのことだ。

　警戒しつつも散歩を楽しんでいると、足早に誰かが近づいてくる。

「やっと見つけたー！」

「ガウガウ！」

（不審人物！）

「わっ！　違う、不審人物じゃない！　君を探していただけだよ！」

　突然声をかけられたから反応して吠えたけれど、近づいてきた人を見て確かに城内の人だと理解する。

　鳶色(とびいろ)の前髪を目が隠れるほど長く伸ばしたその男は、黒いローブを身に着けていた。胸元には、王家の紋章が刺繍(ししゅう)されている。おそらく、城付きの魔術師だろう。

「君が犬になった子でしょう？　陛下から頼まれて来たんだよ。ちょっと研究塔に来てもらうね」

「わふ……」

　勘違いに気恥ずかしくなるも、魔術師は特に気にした様子もなく「こっちこっち」と先導した。向かう先は魔術師が詰める研究塔だろう。

　いよいよ、この体を戻す術(すべ)を探してもらうのだ。

　早く元に戻れば、実質辞退となった王太子妃候補に再び戻れるかもしれない。

　ルイーザはそのひょろりと細長い魔術師の男の後を追った。

＊＊＊＊＊

研究塔は、その名の通り城付きの魔術師たちが魔術の研究をしている塔である。魔道具の開発や調薬、稀(まれ)に遺跡から発見された古代魔術の解析など、この国の様々な技術がここに集結している。もちろん、一般人が立ち入ることは殆どない。

通された一室には、用途のわからない道具や大きな魔石、変わった植物などが所狭しと並んでいる。

ルイーザをソファに座らせ、彼女をここに連れてきた男も目の前のソファに腰をかけた。

鳶色の髪から紫の瞳が覗く。あまり日に当たらないのか、そこらの令嬢よりも色が白そうだ。

そして、明らかに若い。二十歳いくかいかないかくらいだろう。

「改めて、初めましてルイーザ嬢。今回の件を担当する、ノアだよ」

「わふん」

(こんな若造で大丈夫なの?)

「僕は若いけど天才だからね。むしろ、僕で無理なら他の魔術師でも難しいんじゃないかな?」

思わず呟いたルイーザに対して、ニコリと目の前の魔術師——ノアが答える。自称天才とのことだけれど、ルイーザが驚いたのはその言葉ではない。

「ワン！　わふん！」

（言葉わかるの⁉）

「音で聞いてるわけじゃないから、なんとなくわかるよ」

犬になってから一晩。ルイーザは初めて誰かとまともに意思疎通ができた。父や母、飼育員に言葉が通じないのはもちろんだけれど、先輩たち（犬）とも意思疎通ができなかったのだ。

（感激だわ……！）

「うんうん、良かったね！　じゃあ、ちょっと調べさせてもらうね！」

「ギャン！」

そう言うと、魔術師ノアは笑顔でルイーザの尻尾を掴む。

動物の尻尾……更に言えばレディの尻尾を突然掴むのは、マナー違反である。ルイーザがただの犬だったら噛みついていたところだ。

抗議の目を向けると、悪びれた様子もなく謝ってきた。

「ごめんごめん。本来人間にない器官だから、幻視じゃないのか確認したくて」

「キャン！　キャン！」

（ちょっと！　レディの体を気安く触らないで！）

「いや、調べないとわからないから。あと君、レディっていうか普通の犬にしか見えないから」

そう言いながら、ノアはルイーザの体をあちこち触りひっくり返し、時折何か魔道具を当てて調べつくした。周りに訳のわからない道具がたくさん置かれた薄暗く狭い室内で、無遠慮に体中をまさぐられたルイーザは、数分のうちにへとへとになってしまった。

気になるところは大体見終わったのか、今度はノートに何かを書き込みながら唸っている。様子を見るに、すぐに解決！　となるわけではないようだ。

ノートを眺めながら考え込むノアをぐったりしながら見つめていると、外から来た足音がこの部屋の前で止まった。そうしてすぐに、室内にノックの音が響く。

扉から顔を覗かせたのは、心配そうな表情をした父だった。

「わおん！」

（お父様）

「ルイーザ！　昨日はきちんと眠れたか？」

「わふん」

（大丈夫、元気よ）

ルイーザは意外とぐっすり寝てしまったのだけれど、逆に父は眠れなかったようだ。目の下には昨日はなかったはずの隈が浮かんでいる。

「ルイーザ嬢、大変だったな。痛むところなどはないか？」

「！」

父の後ろから現れたのは、白いシャツとグレーのスラックスを身に着けた、黒髪に金の瞳を持つ壮年の男性。歩き回るためにあえて簡素な服を着たのだろうが、その身に纏う貫禄は隠しきれていない。がっしりとした逞しい体格に精悍な顔立ちをした、この国の国王陛下だ。

令嬢時の癖で慌てて礼をとろうとするも、犬の姿では礼などとれない。ソファから下りて首を下げようとするルイーザを、国王は手で制した。

「かしこまらなくても良い。それよりも、王城内で起こった事件だ。未然に防げずすまなかった」

「わふ、わふん！」

(国王陛下のせいではございません！)

優しき国王は、眉尻を下げて謝罪する。非公式の場とはいえ、国王陛下に頭を下げられてルイーザは焦ったが、彼は首を横に振り言葉を続ける。

「本来、このようなことが城内で起こるなど許されん。必ず、元に戻す方法を見つけよう。して、ノアよ。何かわかることはあったか？」

「多分、呪毒によるものだと思います。この国にはない異国の技術ですね」

ノアはテーブルの上でノートを開き、指を差しながら説明する。

見たこともない不思議な文字で綴(つづ)られたそれは、近隣の国の言語を学んだルイーザが見ても何を意味するのか全くわからなかったけれど。

一通りノアの話を聞いた国王と父は難しい顔で唸る。

あまり、状況は良いとは言えないのだろう。そのうちに父は頭を抱えて項垂(うなだ)れた。

「犬の姿のまま長く留まると、どういう影響が出るかわからない……か……」

「ええ、いつの間にか戻る可能性もゼロではありませんが、精神が体に引っ張られて本物の犬になる可能性もあります」

ルイーザの体がビクリと跳ねる。

『精神が体に引っ張られる』というのは既に食事で体感してしまった。更に言えば、番犬業務の時にやたら外を歩くのを楽しく感じてしまったのも、その一つではないだろうか。

「一刻も早くルイーザ嬢を元に戻すのはもちろんだが、成長速度についてはどうなっている？　犬と人間では、寿命が異なるだろう」

「器官はすべて犬のものですが、人間の時を刻んでいるようです。ただ……そのせいで万が一ルイーザ嬢が元に戻れなかった場合も、人間の寿命まで犬として生きることになると思います」

何十年も犬として生きる日々を想像して、ぞくりと冷たいものが背に走る。

たとえ犬になったとしても、『普通の犬』としては暮らせないのだ。単純な寿命でいくと、父や母よりも長く生きることになる。

ルイーザには現在留学中の、いずれ伯爵家を継ぐ予定の弟がいるが、将来の彼の妻が明らかに長生きすぎる犬などという不気味な存在を受け入れて世話をしてくれるとは限らないし、ルイーザとしてもそのような負担にはなりたくない。

もっとも、戻れない可能性があること自体非常に恐ろしいのだけれど。

「とりあえず、僕は異国の書物から調べてみます。ルイーザ嬢には今後定期的に検査をお願いすると思います」

「ルイーザ、すまん……何もできない父を許しておくれ」

「くぅん、くん。わふん」

（お父さまは何も悪くないわ。お父さまこそ、体に気を付けて）

瞳に涙を溜め、項垂れる父の膝に額を擦りつける。一日で憔悴してしまった父が心配で仕方がなかった。自分が元に戻っても、その頃に父が体を壊していたらと思うと非常に辛い。

王も、申し訳なさそうに眉尻を下げていた。

「私からも、不便な生活を強いたことを謝罪させてほしい。何かあればノアを通していつでも言ってくれ」

「わふ……わふん、わふん」

（食事は……生肉は食べたくないです）

「生肉は勘弁してくれ、と言っています」

今朝食べた生肉のことを、ルイーザは引きずっていた。ただ食べてしまったからではない。それが妙に美味しく感じてしまったから困っているのだ。

ノアがルイーザの言葉を通訳すると、王は目を見開いて驚いた。

「生肉……⁉　ルイーザ嬢には別の食事を出すように命じたはずだぞ……⁉　飼育係からは、どの犬も美味しそうに食事をとったと」

「わうん‼」

（あれは完全に生肉でしたわ！）

「生肉だったそうです」

「おかしいな……焦げ茶にセピア色の瞳の犬には茹でた野菜と焼いた肉を出すように言っておいたはずなんだが……」

そこまで聞いて、同室になった犬たちを思い出しルイーザはハッとした。

先住犬は、明るめの茶色が二匹、黒い犬と焦げ茶色の犬が一匹ずつだ。

「わおーん！」

「もう一匹同じ色の犬がいたそうです。人違いならぬ犬違いですね」

すまん、と国王は項垂れた。

屈辱ではあるけれど、国王は悪くないので怒りは湧かなかった。流石に犬のうち一匹は令嬢だから別に食事を、と命じるわけにはいかないのだから。

ただせめて、色の特徴の前に『新入りの』をつけてくれれば飼育員は間違えなかったのではないだろうか。

しかし、先ほどまで通訳をしていたノアの発言はもっと残酷なものだった。

「どちらにしても、体は犬なので健康維持のために他の犬と同じ食事をお勧めします。犬にとって良いものは今のルイーザ嬢にとっても良く、逆に害になるものは同じように害になりますので」

「きゅ、きゅーん！」

（そんな、無理よ！）

「でも、ちゃんと食べられたんでしょう？」

「わう……」

一刻も早く戻してもらえないと、人として色々と終わる気がした。

三．番犬よりも犬らしく

番犬生活も早一週間。ルイーザは恐ろしいことにこの生活に慣れつつあった。

初日以降、二回ほどノアに呼ばれ研究塔に入っているが、調査の進捗は芳しくない。何せこの国の技術ではないのだ。今はまだ資料などの取り寄せが間に合わず、手探りの状況が続いているようだった。

父は毎日欠かさず、帰宅前に顔を出してくれる。

ノアに伝言を頼み、「体は壊さないように無理をしないで」と伝えたおかげか、初日に見られた隈は既にない。それでもやはり心労のためか心なしか痩せてきたようだ。

また、昨日は母が城の犬舎を訪れた。ルイーザが表向き療養生活に入った後の社交界の様子が気になるとノアに伝えたところ、父が母を連れてきてくれたのだ。

まだ一週間足らずでは大きな進展はないらしいが、今までルイーザの取り巻きとして後ろについていた伯爵令嬢が、新たに王太子の婚約者候補として台頭してきたらしい。

彼女とは友情で結ばれていたわけではなく、家の属する派閥——利害関係によって隣にいたので、ルイーザがいなくなったことで彼女が前に出てくるのは予想の範囲内だった。

ルイーザはかつてライバルだった令嬢たちを一人ひとり思い浮かべる。

何代か前に王族が降嫁した良い血筋の娘、整った顔立ちに女性的な体つきの見目麗しい娘、男性を立てるのが上手く数多の子息を虜にしながらも貞淑な振る舞いをしていた社交上手な娘。ルイーザ自身も努力をしてきたけれど、王太子の隣に立つに相応しい令嬢は他にも何人かいた。

今はまだ何も決定打となるようなことは起こっていないらしいが、きっとそう遠くないうちにその中の一人が選ばれるのだろう。この状況で、何もできない……今は人間ですらないことが非常にもどかしく、悔しくなる。

一通りここ数日の社交界の流れを聞けてありがたかったけれど、よくよく考えると伯爵夫人が度々城の犬舎を訪れるのは不自然だ。――伯爵でも自然ではないのだけれど。

万が一、母に犬舎で誰かと逢引きをしているなどといった悪い噂が立ってはいけないので、頻繁には来なくても大丈夫だと伝えてもらった。

母に会えないのは寂しいけれど、ただでさえ両親に心労をかけている今、さらに自分のせいで母の評判まで下げるわけにはいかないのだ。

それ以外は、この一週間、特に代わり映えのない日々を送っている。

朝晩生肉を食らい、昼間は裏門付近をうろつき、夜は犬用ベッドで眠る。

相変わらず他の犬たちは愛想がなく、仲良くできていない。

また、犬舎で他の犬の鳴き声を聞いたけれど、何を言っているのかわからなかった。どうやら犬になったからといって犬と話せるわけではないようだ。

（色々考えても、元に戻るためにできることなんて何もないわね。……気を取り直して、午後の警備をしよう）

裏庭の一部分は、犬たちの休憩スペースのようになっている。

人間のように休憩時間が定められているわけではないけれど、木陰があり、ガゼボや水飲み場、犬用トイレが設置されており、暑い時間帯なんかは一～二匹ここで涼んでいたりする。

自主的に昼休憩をしていたルイーザは、立ち上がると体をほぐすようにブルブルと全身を震わせた。犬らしい仕草が板についてきたことは、考えないようにする。

今日も、良い天気だ。犬生活というのは極端に娯楽が少ない。先輩たちは構ってくれないし、ノア以外の人間に話は通じない。黙ってじっとしていると気が滅入（めい）るので、警備と称して歩き回るのも、案外良い暇つぶしになる。

休憩スペースを出ようとしたところ、芝生の上を吹き抜ける風に乗っていつもと違う人間の匂いがする。

通る人全員の匂いを覚えているわけではないけれど、今漂ってきたのは使用人たちとは種類が違う。良い生地の衣服を洗う時の高級なシャボンの香りに、柑橘系（かんきつけい）を思わせるパルファムの香りが乗っている。

明らかに、高貴な人物——それも、よく知る人物だ。

さくさくと芝生を踏む音が近づいてくる。音のする方を向くと、予想通りの人が歩いてきた。

(何故こんなところに王太子殿下が?)

紺色に金の刺繍をあしらったジュストコールを身に着けているところからして、お忍びで裏門からどこかへ向かう途中というわけではないのだろう。政務の合間の休憩時間といったところだろうか。

何よりもルイーザが驚いたのはその表情。

彼を囲む多くの令嬢たちに作り笑いや困ったような笑顔を向けることはあっても、今のように花の綻ぶような笑みなど見たことがない。

社交界におけるヴィクトール王太子殿下のイメージと言えば、さらりと流れる黒髪や王家の血を表す金の瞳、すっとした端整な顔立ちを持ちながら、浮いた話など一切――国王夫妻が心配になるほど――ない男性。

真面目ではあるが特筆すべきところもない、人間性・才能共に可もなく不可もない、教科書に出てくるような王太子殿下だ。

そして、どの令嬢にも優しいが、どの令嬢にも関心がない。

自分が特別蔑ろにされていたわけではないので、その無関心さも嫌ではなかったし、逆に浅はかな恋に溺れるようなことなく、公平な目線で将来の王妃に相応しいと思った伴侶を選んでくれるだろうと好感すら持っていたのだけれど。

「久しぶりだね。しばらく来られなくてごめんね。元気にしていたかい? ああ、今日もその毛艶は最高だね」

　蕩(とろ)ける笑顔で、休憩スペース入口にいた金茶の毛を持つ犬の首元を撫でまわす。よく躾(しつ)けられている犬は行儀良く座っているものの、撫でられながら無反応だ。

（え、ヴィクトール王太子殿下って犬が好きなの？）

「うんうん、レオは相変わらず逞しい体つきをしているね。このふかふかの毛に覆われた無駄のないしなやかな筋肉。可愛いのにかっこいいなんて素晴らしい」

　普段社交場で見る作り笑いではなく、心からの笑顔で犬を褒める様子に一瞬見惚れてしまった。

（趣味やお好きな物などは謎に包まれていたけれど……こんなにも犬がお好きだったのね……。いえ、それにしても犬、無反応すぎでしょ！　普通撫でられたらもっと喜ぶものじゃないの？）

　飼育員に対して尻尾を振る姿は見ているのだけれど、今撫でられている犬は尻尾の一振りもしておらず、心なしか迷惑そうですらある。

「よしよし、よーしよし、お前は良い子だね」

　しかしヴィクトールは一切気にすることもなく、されるがまま（若干迷惑そう）の犬を撫でまわしている。

（なんかすごく……可哀想……）

　先輩犬たちにいつも結構いけずな態度を取られているルイーザは、ヴィクトールの意外な一面を見てちょっぴり同情した。

　憐(あわ)れむ視線で眺めていると、ヴィクトールの金の目がこちらを向く。目が合ったことに驚きルイーザの肩が揺れる。

「君は、新入りかな？」

にこにことヴィクトールが近づいてきた。王太子妃として選ばれたくて散々ヴィクトールに近づいてきたけれど、その彼にこんな笑顔を向けられたことなどないルイーザは思わず後ずさりたくなる。

本来であれば喜ばしいことのはずが、元々抱いていたイメージとの乖離（かいり）が大きすぎて戸惑いの方が勝（まさ）っていた。もし人間の姿だったのであれば顔は引きつっていただろう。

「可愛いなあ、女の子かな？　チョコレート色で綺麗な毛だね。よーしよしよし、よーしよしよし」

別に犬好きの人が悪いとは思わないし、幻滅したわけでもない。ただ、無反応の犬たちに愛想良く話しかける男はちょっと不気味である。先ほどまで撫でまわされていた先輩犬に倣い、ルイーザも無反応を決めることにした。

休憩スペースにいる他の犬たちから同情の視線を向けられている気がする。気のせいだと思いたいけれど。

「すごくふわふわだね、よーしよしよし。ああ……公務の疲れが吹き飛ぶよ」

王太子殿下の手が、首回りや耳の後ろ、背中などをがしがしと強めに這いまわる。その絶妙な力加減に、ルイーザは思わずくらりときた。

（だ、だめ……無反応でいようと思ったのに……）

あまりの手つきに抑えきれず、尻尾がゆらゆらと揺れ始める。

「よーしよしよし、いい子だね」

（もう、もうやめてぇえええ‼）

「‼　ここも撫でていいのかい⁉　よしよしよしよしよし」

（……‼　やってしまったわ……‼）

ヴィクトールの恍惚とした表情にハッとする。ルイーザは、撫でられる手つきにやられて思わずお腹を見せていた。これでは犬以上に犬ではないか。

決まりが悪くなり、さっと体を回転させてお座りの姿勢に戻った。

「あれ……？　もう終わり」

ヴィクトールがしょんぼりと肩を落としたけれど、このままお腹を撫でさせてはルイーザの淑女としての何かが終わってしまう気がした。というか、まだ辛うじて終わってはいないと思うことにする。

「うん、まあいいや。今日はね、玩具を持ってきたんだよ」

ひとしきり撫でて満足したヴィクトールは、ポケットからボールを取り出した。

他の犬たちは、ちらりとボールを見るが駆け寄ってくる様子はない。飼育員には遊んでと強請る犬たちは、少々王子に冷たいようだ。

「誰が一番足が速いかな？　ほ〜ら！　取ってこーい！」

周りの様子を気にしないヴィクトールは、手に持っているボールを思い切り投げる。良く晴れた空にヴィクトールの投げたボールが飛んでいく。

そう、美しい放物線を描き――。

（――ボール‼）

気が付いた時にはもう、ルイーザはボールを咥えて走っていた。

戻ってきたルイーザを見て、王子は驚いた表情をしている。ぱちりと目が合った瞬間、花が咲くようにまた顔を綻ばせた。金の目を優し気に細める様子に、ルイーザは思わずどきりとした。

王太子がどのような容姿の持ち主であったとしてもルイーザは王太子妃を目指しただろうが、やはり年頃の娘としては美しい青年に心からの笑顔を向けられて胸が高鳴るのは仕方がないことだ。

周りの犬たちは、ボールが投げられてから今まで、もちろん無反応である。

「わあ、取ってきてくれたんだね！　こんな子初めてだ！　いい子だね、いい子で可愛いね！」

（……またやってしまった‼）

正気に戻った瞬間、絶望にポトリと咥えていたボールを落として項垂れるが、感激したヴィクトールはひたすらルイーザを撫でまわす。

こんな子初めてということは、今まで犬たちが無反応だったにもかかわらず彼はボールを投げたのだろうか。そう考えると、投げる時に発した「誰が一番足が速いかな？」という言葉にルイーザは若干の狂気を感じた。

（やめて……もう撫でないで……見てないで助けなさいよあんたたち……後輩が苦しんでいるのよ……）

「ヴィクトール殿下‼」

喜ぶ王子、打ちひしがれる犬、我関せずな他の犬というカオスな空間に、第三者の声が入り込んだ。

ヴィクトールの名を呼びながら一人の騎士が走って向かってくる。お楽しみ時間を邪魔されたヴィクトールは、眉間に皺を寄せて答えた。

「なんだいレーヴェ。今私は休憩中だよ」

「番犬たちの気を散らすのはおやめくださいといつも言われているでしょう！」

（明らかに初めてじゃないとは思ったけれど、結構毎度のことなのね……）

「だから、見回りをしている子ではなく休憩所にいる子を愛でているだろう」

「そういう問題ではありません！　だいたい、ここの犬たちは他のことに気を取られないよう躾けられているので殿下に愛想は振りまきません！」

（だからあんなに無反応なのね）

ルイーザは一人納得した。確かに、時折通りがかる使用人が頭を撫でたりするけれど、どの犬も無駄に愛想を振りまいたりはしない。

ここの犬たちが尻尾を振ったり甘えたりする相手は基本的に飼育員のみである。

「でも、この子は今ボールを取ってきてくれたよ」

（うっ……）

レーヴェと呼ばれた騎士の視線が突き刺さる。これでは番犬失格である。いや、別に番犬は目指していないのだけれど、犬に負けた感じがして悔しくて更に恥ずかしい。

「見たところまだ若い犬ですから、躾の途中なのでしょう。とにかく、こんなところで遊んでないで戻りますよ！」

「全く、レーヴェは堅いなあ。そのボールはプレゼントだよ。また遊んでね、ショコラ」

（ショコラ……？）

当たり前ではあるがここの犬たちにはそれぞれ名前がつけられている。ルイーザも、王によって「ルイ」と名づけられた。この犬舎にショコラという犬はいない。

今まで王太子といえば、穏やかでいて優しく、歴代の王族の中で飛びぬけて優秀という話までは聞かないものの、なんでもそつなくこなし評判も悪くない人物。

実際に社交の場で関わってみても、揉め事を好まない事なかれ主義な性格とはいえ、人当たりも良く貴族の子女から慕われている、おっとりとした王子という印象だった。

しかし今日の彼は屈託なく笑い、一人で騒いで勝手に名前をつけて側近に叱られて――と、今までの印象を大きく覆して去っていった。

四．彼女が見る夢は

「あーっはっはっはっは」

（ちょっと、笑いすぎではなくて⁉）

「いや、だって君、あっはっは……だめ、お腹痛い」

ヴィクトールの素顔を知った翌日、魔術師が詰める研究塔に呼ばれたルイーザはお腹を抱えて大笑いする若き魔術師ノアを睨む。

＊＊＊＊＊

あの日、プレゼントと言われたボールをその場に置いておくこともできず、ルイーザは犬舎へ持ち帰った。地面に落ちたものを咥えるという令嬢らしからぬ……どころか人間らしからぬ行動はもう気にしない。手が使えないのだから仕方ないと割り切っているのだ。

犬舎の隅を見ると、今まで他の犬たちも一切興味を示していなかったので気が付かなかったけれど、様々な犬用玩具（おもちゃ）が入れられた箱があった。清潔感はあるがどこか武骨な印象の犬舎に置かれるには少々不自然な質の良い素材の玩具たちは、多分高貴な某犬好き男からのプレゼントだろう。

自分でボールをその箱に入れても良かったのだけれど、精神的に疲れていたルイーザはベッドにボールを適当に置いてそのまま眠りについた。

そして朝起きると、当然そこにあるボール。

よく見ると、とても噛み心地が好さそうだ。何の素材でできているのか、不思議な弾力があり、それでいて牙が通らないほど頑丈なボール。

試しにガジガジと噛んでみると、それがまた心地好い。強く噛むとぐにぐに反発する感触がなんとも言えないのだ。

いつの間にか一心不乱にボールを噛んでいたところ、父が犬舎に訪れた。

「おはようルイーザ。ノア殿が呼んでいたから、研究塔へ行こう」

父はチョコレート色の犬をひと撫でしてから、犬の首輪にリードを付けて犬舎を出ていった。

出ていく一人と一匹の姿を、ルイーザはベッドの上から茫然と見送った。

そう、犬違いである。

＊＊＊＊＊

ノアに、「それ、ルイーザ嬢じゃなくて犬ですよ」と言われた父は慌てて犬舎に戻り、平謝りしながら今度は本物のルイーザにリードをつけた。

研究塔を出る時も、父はひたすら謝っていた。何せ犬と娘を間違えたのである。

「まさか……！　伯爵も……自分の娘が夢中でボールを噛んでいるとは……！　思わなあっはっはっは」

（笑いすぎよ!!　体に意識が引っ張られるって貴方が言っていたんじゃない!!）

全く、目の前の魔術師は失礼極まりない。ルイーザからすれば、躾の行き届いた番犬と、『ただの犬』に意識が引っ張られているルイーザでは、ルイーザの方が犬らしい行動を取ってしまうのも仕方がない。

昨日レーヴェと呼ばれていた騎士だって言っていた。ここの犬たちは余計な反応をしないように躾けられていると。決して、ルイーザに犬の素質があるわけではない。多分。

同色の犬が、たまたま大人しくおっとりとした性格だったのもまたいけなかった。気の強い犬であればリードをつけられたところで従わず、このような事故は起こらなかっただろう。

「いや、本当笑ってごめん、ふふ。とにかく、早めに戻せるように頑張るよ。このままだとルイーザ嬢が無事に戻ったとしても、居たたまれない思い出が増えてしまうからね、ふふふ」

（まだ笑い止まってないんですけど!?）

ノアを睨むと、ごめんごめんと両手を振られた。話が通じる存在はありがたいけれど、ここまで笑われるのは心外だ。

ぷいと拗ねて見せるが、ノアは気にした風でもなく話を始めた。

「陛下と伯爵には伝えてあるんだけど、やっぱり異国の呪毒で間違いはないよ。多分、大陸西のギ

ーベル国付近の海にある島国のものだ。今、解呪薬の作製に必要な材料を調べているけれど、多分この国にはないものがほとんどだと思う」

（入手が難しいってこと？）

「輸入物だから高価だし、時間はかかるけれど不可能なわけじゃない。ただ、完全に特定するには今一つ確信に欠けるから、もう少し調査はしたいな。万が一違った場合は解呪薬が毒になりかねないからね。症状と薬の種類からして、長く経過すると君の意識がその体に呑まれて完全に犬になってしまうのは間違いないと思う。他の症例は書物でしか確認できなかったから、リミットは正直読めないけれど。もちろん、調査の方はなるべく急ぐよ」

（……私が犬の本能につられるがままになっていたら、リミットが早まるのかしら？）

ルイーザはぞっとした。毛に覆われた顔ではわからないけれど、もし今人間の姿だったら顔面蒼白になっているだろう。

昨日のボール遊びといい、今朝の行動といい、犬らしい行動を取ってしまっている自覚は十分にある。

「行動自体は、体に引っ張られているだけだから問題ないんだけど……。多分、思考だね。どうか、人間らしい思考はやめないでほしい。例えば、意識が引っ張られてから我に返った時、自分が犬になりかけているからと納得しては駄目だよ。居たたまれないかもしれないけれど、自分の行動を振り返って恥じるようにしてほしい。多分、人間の気持ちを忘れないように気を付ければ、少しは延ばせるはずだから」

ノアの言葉に、ルイーザは頷く。

確かに、恥じる感情は人間にしかないものだ。もしかして、先ほどの無礼極まりない大笑いはルイーザの羞恥心を煽るためのものだったのだろうか。

全ては人間の心を忘れないために。

ルイーザはこっそりとノアに感謝した。

「いや、それにしても、ふふ。他の犬が反応しないのに一人だけボール取りに行くとか……」

すぐさまその感謝を撤回した。

＊＊＊＊＊

思考することをやめないでほしい――

そうノアから言われてから、ルイーザはとにかく考え事をすることにした。休憩中や、寝る前などは一つ一つ、幼少期からのことを思い出したり、父や母から受けた愛情に想いを馳せることにした。

特に事態に進展はないようだけれど、ルイーザの意識もまだ人間のままだ。

こんな面倒なことになってしまった娘を、両親は見捨てずに心配してくれている。毎日顔を見に来る父からは、母も会いたがっていると伝えられた。親不孝して申し訳ない気持ちと、両親の想いが嬉しいという感謝の気持ちを胸に抱く。

訳のわからない呪いなんかに負けてはいられない。

犬になってから半月。そしてルイーザが療養と称して社交界より姿を消してから半月。
人間に戻ったら、まずは何をしようか。戻る頃には既に王太子殿下の婚約者は決まってしまっているだろうか。

ルイーザは、幼い頃から王太子妃になりたくて、様々な方面で努力をしてきた。家柄は王太子妃としてぎりぎりの許容範囲内。もっと相応しい出自の令嬢はたくさんいた。

そんな彼女たちに負けないように、様々なことを学んできたのだ。容姿は、決して悪いわけではないと思うけれど、少々きつめに見える顔立ちで、髪も焦げ茶色と華やかさに欠ける。だからこそ少しでも美しく見えるように侍女と協力しながら、磨きぬいたのだ。

教養だって、国内外の歴史や言語、政治に関することなど淑女に求められる以上のことを学んできたし、作法やダンスも人並み以上にやってきた。誰に強制されたわけでもなく、自分で選んだ道だから、辛かったとは思わないけれど。

かつての夜会で、ルイーザを含む多くの令嬢たちと接する王太子の姿を思い出す。
どんなに姦しい令嬢であっても決して邪険には扱わず、かといって無駄に気を持たせるようなこともせずいつだって紳士的だった。婚約者候補となる令嬢たち一人ひとりときちんと言葉を交わして見極めようとする姿は当時のルイーザにも好ましく映っていたのだけれど。

それでもほんの少しだけ。

社交の場で見える表面だけではなく、陰の努力も見ようとしてくれていたならば、もう少し過去の自分が報われたのではと思わずにはいられない。

自分以外にも努力をした令嬢がいないとは言わないし、もしかしたら自分以上に努力を重ねて婚約者候補になった令嬢もいたのかもしれないけれど。

何にしろここまできたらもう王妃になるのは諦めるしかないのだろう。

たとえ王妃になれなかったとしても、異国文化を知ることは諦めたくないけれど、知るだけなら王妃でなくとも多分できる。

単身赴任でなく妻も共に連れていってくれる外交官のもとに嫁ごうか。いっそのこと、自分が女性外交官になろうか。確か数年前、貿易商の娘が初の女性外交官になったと聞いた。伯爵令嬢が職に就くなんてと両親は止めるだろうけれど。

(いっそ流浪の旅商人なんてどうかしら。異国訪問をしても綺麗なところだけを見せられる王妃よりも、色々なものが見られるかもしれないわ。……女性外交官を目指す以上に反対されるわね、きっと)

ルイーザは自嘲しながら、目を閉じて眠気に身を委ねた。

五．結婚の危機

魔術師ノアからなかなか良い報告が聞けない状況に焦(じ)れながらも、ルイーザはそこそこ番犬生活を満喫していた。生肉への抵抗もなくなったし、時折飼育員や使用人に頭を撫でられる暮らしも受け入れてしまった。

「ルイは番犬としては半人前だけど犬らしい愛嬌があって可愛いな～」と飼育員に言われた時は少々イラッときたけれど。犬よりも犬らしいとはどういうことだろうか。

確かに統率の取れた番犬たちに比べたら、集中力はないし玩具(おもちゃ)に夢中になるけれど、そうなる呪いのようなものなのだから仕方がない。多分。

この城で、犬の食事は仕事前と仕事後の一日二食なのだけれど、ルイーザはなんとなくいつも昼頃に長めの自主休憩を取る。

元々、怪しまれない程度に番犬の振りをしているだけなので飼育員にバレなければ好きなだけ休憩しても良いのだけれど、生来の生真面目さからか規則正しい番犬生活になっている。

今日も、ルイーザは午前中の見回りを終えて休憩スペースに戻る。

休憩スペースには犬たちが直射日光に当たらず休めるように、椅子のない屋根だけのガゼボが設置されている。ガゼボの中で休んでいる犬がいるのはいつもの光景なのだけれど、今日はその中に人間が一人いた。

二匹の犬が伏せながら休んでいる間で胡坐を組んでいるのは、この国の王太子ヴィクトールだ。間違っても、ガゼボとはいえ屋外の地べたに直接座って良い人物ではない。

ヴィクトールは、二～三日に一度くらいのペースで、犬たちを構いにこの休憩スペースへやってくるらしい。

暫くすると側近や騎士たちがやってきて執務室へと連れ戻されるまでがいつもの流れなのだけれど、今日は既に側近が近くで待機しているようだ。床に座り込んでいる王子に注意もせずに、柱に寄り掛かるように立っている。

ルイーザは歩きを止めて、踵を返そうかと考えたが、それよりも早くこちらに気付いたヴィクトールが手を振って名前を呼んだ。

「ショコラー！　おいでー！」

ショコラという名前ではないのだけれど、呼ばれると向かっていってしまうのは多分犬の性である。決して、いつも玩具や犬用おやつをくれることを体が覚えてしまったわけではない。

まあ、くれるのであればもらうけれど。

「ショコラはやっぱり可愛いね。リリーとレオも撫でさせてはくれるけれど、尻尾を振ってくれるのはショコラだけだよ」

笑顔でルイーザの頬をわしゃわしゃと掻くヴィクトールの言葉を聞きながら、先ほどまで撫でまわされていたらしい二匹の犬を交互に見る。グレーの瞳の雌犬がリリーで、金色の毛を持つ雄犬がレオなのだろう。当然、二匹とも飼育員がつけたであろう別な名前がちゃんとある。

ルイーザ的には『ショコラ』も恥ずかしいのだけれど、犬に獅子と名付けるのはどうなのだろうか。呆れながら傍らに立つ文官らしき側近を見ると、彼と目が合った。

この茶髪の男は、夜会などでも見かけるから知っている。確かこの男――ファルク・ランソムはヴィクトールよりも少し年上の、ランソム伯爵家の人間だ。

次男ということで、当主の妻を狙う令嬢たちからの人気は高くはなかったが、人好きのする笑顔と会話の上手さ、加えて次期国王の幼馴染で側近ということもあって、婿入りする子息を探している令嬢からの人気は非常に高かった。

ルイーザを見つめていたファルクは、一人何か納得したような表情をする。

「その犬が、レーヴェが言っていた、番犬にしてはちょっとアレな犬ですか？」

（アレってどういうことよ！）

「まだ新入りらしい。可愛いだろう。つれない犬たちも可愛いけど、ショコラにはこのままでいてほしい……」

ぎゅうとヴィクトールが抱き付いてきた。

もし令嬢のルイーザであれば、父以外の男性に抱き付かれたら恥じらうか鳥肌が立つかのどちらかだろうけれど、不思議と犬になった今は抱き付かれるくらいではなんとも思わない。むしろヴィクトールの撫で方は優しくて少し心地好いくらいだ。

「懐く犬がいいならご自身で飼えば良いのでは？」

（懐いてない‼）

「妃が決まらぬうちはな……。迎える女性が犬好きとは限らないし」

妃、の言葉に思わず反応してしまう。自分が座りたくても座れなかった王太子妃、次期王妃の椅子。まだ、誰がその椅子に座るのかは決まっていないらしい。

「さっさと一番犬が好きそうな人を選べば良いでしょう」

「私が犬は好きかと聞いて、嫌いと答える候補者がいるわけないだろう」

それもそうだ、とルイーザは納得する。

ルイーザだって、王太子妃を目指していた頃に犬が好きかと聞かれたら非常に好きだと答えただろう。多分、どの候補者も同じだ。よほど生理的に受け付けないものでもない限り、好きだと答えるはずだ。

「ああショコラ、慰めておくれ。いつも両親から早く決めろと急かされているのに、この頃は側近まで急かしてくる」

「僕的には、シャーロット嬢とか良いと思いますよ。実家は政治的に弱いので、脅威になりえませんし」

シャーロット嬢、と聞いてルイーザは一人の令嬢の顔を思い浮かべる。

かつて候補者だった公爵令嬢の取り巻きをしていた伯爵令嬢だ。件の公爵令嬢が辞退したことで、彼女が台頭してきたのだろう。

ルイーザの取り巻きだった令嬢も、ルイーザが社交界から姿を消してから候補者に繰り上がったと聞いたので、そういうことは珍しくないのだ。

「何よりも、胸が大きい」

「ガウ！」

（最低！）

「ファルク、ショコラが怒っているぞ。ショコラも雌だから、女性を変なところで判断するのは許せないらしい」

「犬にそんなことはわかりませんよ」

ははは、と側近ファルクが笑うのを、ルイーザは半眼で睨む。犬にはわからないけれどルイーザにはわかるのだ。

「他にはほら、ミュラー伯爵家のアニカ嬢とかは新興貴族ですが裕福ですし、控えめで可愛らしいですよ」

（あの子はダメね。伯爵が野心家なせいで婚約者候補に入っているみたいだけれど、本人は気が弱すぎて潰されるのが目に見えているわ。悪い子ではないんだけれどね）

全く、この側近は見る目がないとルイーザは左右に首を振る。その仕草に気が付いたヴィクトールは、微笑みながら首元を掻くように撫でた。

「ショコラは気に入らないみたいだぞ。それに私もミュラー家はなあ。当主夫妻の気が強すぎて義両親にするのは気が重い」

「わふ……」

（思ったより情けない理由だった……）

「ヴィクトール殿下がなかなか決めないから、この頃は諦めて辞退するご令嬢も出てきましたから、早く決めないと本当に消去法になりますよ。ルイーザ・ローリング嬢とかは両陛下の一押しだったのに」

思わぬところで自分の名前を聞いたルイーザは固まるが、その次に続くヴィクトールの言葉はそれ以上の衝撃だった。

「ルイーザ嬢か……非常に勤勉と聞くし、所作も美しい。立ち回りも上手く気難しいと言われるご婦人たちからも好まれているのは本当にすごいと思う。きっと、努力をしてきたのだろう」

ルイーザはぱちぱちと目を瞬かせる。

王太子から、そのように評価してもらっているとは思わなかった。自分が努力したことを、わかってくれていたのだと思うと思わず尻尾が左右に揺れる。

しかし、その喜びが無駄になるのは一瞬だった。

「うん……しっかりしているし悪くはないのだろうけれど、優等生すぎて隣に立てる気がしない。私が休もうとするたびに尻を叩かれそうな気がする。そうなったらあの恐ろしい母上が二人になるようなものだ。……それに、完全に捕食者の目をしていて少々怖い」

「ワウワウ！　ガウ！」

(なんですって⁉)

確かに、ルイーザは少々釣り目である。更に言えば、王太子妃の座を求める野心は特に隠していなかった。しかし、令嬢に向かって捕食者とはどういうことだろうか。

「そうか、ショコラもそう思うか」

「ガウガウ！」

(思わないわよ！)

「私としては、穏やかな家庭を築ける優しい人であればいい。まだ決めかねているが有力なのはメリナ嬢だろうか」

「わう！」

(趣味が悪い！)

「そうか、ショコラもそう思うか」

「わうわう！」

(思わない！　あの女、とんだ女狐なんだから！)

メリナ・ノイマンを思い浮かべてショコ……ルイーザは憤る。

可愛い振りをして、あの女はかなり狡猾だ。自分の手を一切汚さずにフルフルと震えて見せることで周りを味方につけて、相手を蹴落とすのだ。

ルイーザだって、犬になった晩の舞踏会で〝突き飛ばされた振り〟をされて痛い目を見た。

……そういえば、あの日この王太子は見事に騙されていたではないか。男というのはどうしてこう……と、ルイーザは思わず遠い目になる。

「父上もお祖父様も、気の強い女性を選んだからな。私は優しい女性と穏やかな家庭を築きたいんだ。早く決めるべきとはわかっているが、まだ見極められない」

ルイーザは王妃陛下と王太后陛下を思い浮かべる。

たしかに二人ともぴしりとした女性ではあるが、情に厚く貴族のご婦人方からは慕われ嫁姑関係は良好、更には二人とも伴侶に愛されているはずだ。……確かに少々夫を尻に敷きそうな雰囲気はあるけれど。

「わふ、わふん。わうわう」

（殿下みたいなボンクラは立派な女性を選んだ方がいいわ。クラーラ侯爵令嬢とか、フィオナ公爵令嬢……は辞退したんだっけ）

本当はルイーザ自身がその座に就きたかったけれど、それが望めないのであればせめて尊敬できるような令嬢を選んでほしい。ヴィクトールが選んだ女性には、国中の貴族が臣下として頭を垂れることになるのだから。

そう思いつつ頭の中で社交界の優れた令嬢たちの名を並べた。通じないのをいいことに、不敬待ったなしの罵倒もついでにしておく。

「……すごいですね、まるで本当に会話しているみたいだ」

「ショコラは頭が良いんだ」

「わふん」

（一切通じてないけどね）

「いや、真似（まね）しているだけでしょう。犬は飼い主の仕草を真似（まね）ると聞いたことがありますし」

ファルクの言葉を耳にしたヴィクトールが、キラキラとした目でこちらを見た。言葉を発しなくてもルイーザにはわかる。

「飼い主と思ってくれているのかい？」と顔に書いてあった。ルイーザは思っていることを口に出しただけで、別にヴィクトールを飼い主とは認識していないのだけれど。

呆れを視線に乗せてヴィクトールを見つめ返すと、彼は顔を輝かせてとんでもないことを言い出した。

「決めた。成婚して犬を飼う時はショコラの子にしよう。ショコラと同じチョコレート色の可愛い子犬が生まれるといいな」

（!!??）

「お相手のことを考えるなら小型犬か、せめて中型犬にした方が良いのでは？」

「利口な犬種だし大丈夫だ。ファルク、犬舎の者に打診しておいてくれ」

「アオーン！」

（絶対だめ――――！）

「犬は雌の発情期でないと交尾しないよ。もし、発情の予兆が出たら、時期を操作する魔道具を使うつもりだったから安心して」

（そんなものあるの？）

「うん。家畜の繁殖時期を操作するためのやつだけど」

ノアの言葉で、緊急案件ではないことにルイーザは胸を撫で下ろす。

一歩間違えば、色々と終わるところだった。未婚の令嬢が純潔を失うどころではない。家畜扱いは気に食わないけど犬の子を産むことに比べれば些細なことだ。

解呪についての進捗がなくても、ルイーザはこうして研究塔に呼ばれる。言葉が通じるのが魔術師だけなので、正直助かっている。

数日おきでもこうして誰かと会話をすることで、ルイーザはまだ人間でいられている気がする。

今日は、ノアの通訳を介してだけれど父も同席して話をしていた。

「むう。しかし、メリナ・ノイマン伯爵令嬢が有力候補か。正直、あまり良い傾向ではないな」

ルイーザは個人的にメリナに若干の恨みがあるのだけれど、父まで難色を示すとは思っていなかかった。表向きは、普通の可愛らしいご令嬢だ。

(ノイマン家の派閥に問題があるの?)

「ノイマン家に問題があるというより、彼女は五歳の頃に引き取られた養女なのだ。一応、王太子妃候補としての条件は満たしているのだが……血筋が確かではない者が次期王妃となると、貴族からの反感を買いやすい。王家の威信にも関わるのだよ」

(養女だなんて、知らなかったわ)

「十年以上前の話だから無理もない。基本的に貴族は子供がある程度大きくなるまで存在を伏せるし、田舎の一伯爵家の養子事情は当時すらあまり話題にならなかったからね」

ルイーザは、以前周りと話を合わせるために見たオペラを思い出す。

町娘と王子が恋に落ちて結婚する話があった気がするのだけれど、現実はそう簡単なものではないのだ。庶民は身分差を乗り越えた結婚を好意的に思うかもしれないが、血統を重んじる貴族たちにしてみれば、生まれのわからない者に生涯の忠誠を誓い傅(かしず)くなど、受け入れ難(がた)いのだろう。

「ルイーザに呪毒を盛った人物についても特定を急いでいるけれど、どうやら今は色々ときな臭くなってきていてね。呪毒の件は限られた者にしか伝えられていないし少々難航しているんだ。すまないね、ルイーザ」

(気にしないで、お父様)

犯人には、いつか痛い目を見せてやりたいとは思っているが、犯人が特定できたとしても解呪の方法が確立しない限りは人間に戻れないので、特定は正直戻った後だって問題ない。

そもそも、ルイーザのライバルであった令嬢——王太子妃候補たちのうちの誰かに関わりがあることは皆予測しているのだけれど、その候補者本人やその取り巻きに加え、後ろについているそれぞれの派閥の貴族等、意外と範囲が広く、特定が難しいらしい。

ちなみに、先ほど話題になったメリナ・ノイマン伯爵令嬢についても、ルイーザと度々衝突していたので容疑者の一人だったのだけれど、呪毒が国交のない国のもので大変高価であることから、特別裕福でもないノイマン家には難しいという結論に至った。

考えこむように俯くと、隣に座る父が優しくルイーザの頭を撫でる。

「大丈夫だ、ルイーザ。時間がかかっても必ず犯人を特定する。王も、この件を危険視しておられるからな。……あと、王太子にはあまり犬舎に行かぬよう王から伝えてもらおう」

（それは本当にお願いします）

「昔から殿下は勉強に飽きると度々抜け出して犬舎に行っていたらしくてな。……今も行っているとは、知らなかったが」

昔からああなのかとルイーザは少々遠い目になる。

元々、一般的な貴族子息の能力の平均は辛うじて超えているため、王太子として特に問題があるわけではないけれど、特別秀でた何かを持っているわけでもないという認識だった。

顔立ちは王家らしく華やかではあるのだけれど、女性を見る目はないし一方的に犬を構うし、更には普段から勉強を抜け出していたとは。元々抱いていたイメージよりも少々ポンコツなようだ。

犬たちへの態度を見る限り、好意を寄せたものに対しては愛情深くて優しい。だから決して悪い人ではないのだけれど。

研究塔を出て、父と二人犬舎への道を進む。番犬が放し飼いになっている範囲外では、念のためリードを付けられるのだけれど、放し飼いスペースに入ってからリードは外してもらった。

ちなみに、決してルイーザがあちこち行かないようにする意味での『念のため』ではなく、裏門以外でリードを付けていない犬が歩いているのは不自然だからだ。迷い込んだ犬と間違われて騎士に追われたらたまったものではないし、中には犬が苦手な使用人だっている。

以前、ノアに指示されてルイーザを迎えに来た魔術師見習いはまさに犬が苦手だったらしく、首輪にリードをつなぐのに非常に時間がかかっていた。事情を知らず、本物の『犬』だと思っているのだから仕方がない。そんな人間に依頼するなよとも思ったけれど、不幸にも彼しか手が空いている人が捕まらなかったらしい。

研究塔と犬たちがいる範囲はそう遠くないので、普段は研究塔を出てすぐに送迎役と別れるのだけれど、父が送迎してくれる時は必ず犬舎までエスコートしてくれる。父は、こんな姿のルイーザでもきちんと娘扱いしてくれるのだ。

優しい父とつかの間のお散歩を楽しんでいると、最近何度か見かけた人物が城側から歩いてきた。

短く刈り揃えられた黒髪の背が高い三十歳ほどの男。近衛騎士の制服に身を包むのは、度々王太子殿下を迎えに来るレーヴェ・ライリーだ。

「これはローリング伯爵。珍しい」

「ライリー卿こそ、珍しいところでお会いしましたね」

城勤め同士顔見知りの父とレーヴェは挨拶を交わす。その姿を眺めていると、レーヴェの黒い瞳がルイーザを捉えた。

「犬の散歩……ですか?」

「ああ、いいえ、研究塔に行ったのですが、塔のところで昼寝をしているこの子を見かけまして。犬舎まで連れていこうかと」

(お父様⁉)

父は頭を掻きながら苦笑いで答える。すぐさま言い訳が出てくるのは流石貴族といったところだけれど、いくらなんでもひどいのではないだろうか。

休む時はちゃんと犬たちの休憩所で休んでいるルイーザにとって、とんだ濡れ衣だ。所かまわず寝るなんて、令嬢どころか番犬としてもだらしがない。

表情に出ないもののむすりとしているルイーザの前に、突然レーヴェが屈み、ルイーザの頭を撫でてきた。

「……ふむ。お前、殿下が気に入るのもわかるくらい毛並みが良いな」

(気安く触らないで! ……ちょっと! やめて‼)

騎士らしく無骨な手は、意外と優しくルイーザを撫でる。もふもふと毛並みを楽しむように頭から首元を撫でられた時に、ルイーザの尻尾は耐え切れずに揺れてしまう。

見なくても、わかる。父の視線が痛い。

（し、仕方ないじゃない……犬なんだもの……撫でられるの好きなのよ、犬って……）

聞こえることのない言い訳をせずにはいられなかった。

「他の犬はキリッとしているが、お前は少々間が抜けた表情で可愛いな。同じ犬種とは思えん」

（間抜け⁉　無礼者‼　そして今すぐ撫でる手を止めて……！）

父は好きにされる娘にどうしていいかわからず、引きつった笑顔だった。ルイーザ的にはすぐにやめてほしいのだけれど、犬を撫でる騎士を伯爵が止める理由がない。

ひとしきりルイーザの毛並みを楽しんだ後、騎士はとてもありがたくない提案をした。

「ちょうど私は殿下を迎えに行くところです。多分また犬を構っていると思いますので、私が連れていきましょう」

「えっ……あっ、ではよろしくお願いいたします」

「くぅ～ん」

（そ、そんな、お父様……）

「ほう、伯爵は動物に好かれる性質（たち）なのですね。こらこら、他の人間にあまり愛想良くすると殿下に拗（す）ねられるぞ」

父に向ける助けて光線も空しく、レーヴェに腰をぽんと軽く叩かれる。ここで反抗して、更に駄目犬の烙印を捺（お）されるのも癪（しゃく）なので、ルイーザは渋々レーヴェに従った。

殿下が来ているのと前もってわかっているのであれば、なるべく行きたくない。おやつや玩具（おもちゃ）は魅力的なのだけれど、構い方がしつこいし昨日の犬の子を産ませる発言は軽くトラウマである。

さくさくと芝生を踏みながらレーヴェの横を歩いていると、彼の予想通り休憩所にはヴィクトールがいた。その手は黒い犬を撫でまわしている。

（マリー、今日は捕まっちゃったのね）

ルイーザと同室の黒い毛に金の目の雌犬――マリーは、何かと新入りのルイーザを気にかけてくれる優しい犬だ。

初日は添い寝をしてくれたし、ルイーザが寝坊しかけると鼻でつついて起こしてくれる。通りがかりの使用人がずっとルイーザを撫でて困っている時は、間に入り鼻先で使用人の手を押して助けてくれることもあるのだ。愛想はないけれど。

しかしそんなマリーはヴィクトールのことが苦手らしく、彼が現れる前に必ず姿を消す。他の犬も、飼い主または仲間と認識している飼育員以外にはほとんど懐いていないのだけれど、マリーは特に触られるのを嫌がるタイプだった。

そんな彼女が、珍しくヴィクトールに捕まっている。不審者以外に攻撃しないように躾けられている犬たちは、基本的にされるがままである。

両頬をわしゃわしゃとされているマリーは非常に嫌そうな顔をしていた。犬になりたての頃のルイーザは彼らが何を考えているかわからないと思っていたが、今となっては案外表情豊かだと思う。

「レーヴェ、何故ショコラと歩いているんだ？」

「端の方にいたのでこちらへ来るついでに連れてきました。殿下。休憩時間は終わりです。お戻りください」

「せっかくショコラが来たんだ。もう少しいいだろう。ほら、ショコラおいで。撫でてあげよう」

(そのショコラは殿下が怖がっている令嬢ルイーザですけれどね)

ルイーザは笑顔で話しかけるヴィクトールに対してぷいとそっぽを向いた。昨日の発言を気にしていないわけではないのだ。『捕食者の目』はいくらなんでもひどい。

しかしそんなルイーザの抗議は伝わることはなく、ヴィクトールは嬉しそうな声を上げた。

「見てくれレーヴェ！　他の子を構っていたらショコラがやきもちを妬いたぞ！」

「ガウ！」

(違うんですけど!?)

勘違いをしたヴィクトールは、素早くルイーザのところへ寄ってきて、嬉しそうに撫でまわした。犬の身体能力でも避け切れないほどの素早さで、正直怖かった。

「ああ、可愛いなあ、仕事したくない、ずっとここにいたい……」

「訳のわからないことを言っていないで執務にお戻りください」

「……元々、王の器じゃないんだ。私はアーデルベルトに王位を譲ってもいいと思っているのに……」

「わん！　ガウガウ！」

(なに無責任なことを！　義務を果たしなさいよ！)

ヴィクトールの弱音にルイーザは思わず吠える。王妃になるために十年努力し続けた挙句に無念の辞退となったルイーザにとって、聞き捨てならない言葉だ。

一人息子として何の憂いもなく玉座を約束され、幼い頃から学ぶ環境を得られ、衣食住を心配する必要もない。更に言えば、両親からは一身に愛情を注がれている。国一番恵まれた立場に生まれついた男の甘えた発言に、思わず苛立った。

アーデルベルトという男は確かに王甥で王位継承権を持っていた。歴史上、直系王子の適性や健康状態によって傍系の王族が継ぐことがなかったわけではないけれど、王に健康な息子がいながら王位を継がせるなんてとんでもない。

「ほら、殿下が情けないとショコラも怒っておりますよ」

「ショコラ!! 私に活を入れてくれたんだね……！」

（その前向きさを執務でも発揮したらどうなのよ……）

ヴィクトールは金色の瞳をきらきらと輝かせて微笑む。社交の場で見せるような愛想笑いではない純粋な笑顔に、ルイーザはやれやれと首を振った。

このような表情は、令嬢であった頃には見たことがない。彼は蕩けるような顔で、そのままルイーザに頬ずりをした。

「いっそのことショコラをお嫁さんにできないかなあ」

「王妃様が怒りで卒倒するでしょうね」

「……レーヴェは無粋すぎるよ。でも、ショコラが応援してくれるなら私は頑張れるよ」

（えっ……ちょっと……）

ヴィクトールは唐突にルイーザのモフリとした両頬を挟んで正面を向かせ、避ける間もなく唇を寄せたのだ。その瞬間、ルイーザの口に、ふにっとした柔らかなものが当たる。

今起こったことが咄嗟に理解できなかったルイーザはまるで〝犬のはく製〟のように固まってしまう。

何秒固まっていたかはわからないが、騎士の慌てたような大声によって硬直が解けた。

「何をなさっているんですか殿下!! 犬の口には多くの雑菌が潜んでいるのですよ！」

「ガウッ!!」

（ちょっと、失礼ねそこの騎士！ 唇を奪われた乙女になんて暴言!!）

許可なく唇を奪う行為への衝撃以上に、レーヴェの物言いに憤って鼻先に皺を寄せた。現在のルイーザは犬であるので、レーヴェの指摘は至極真っ当ではあるのだが、心はまだ淑女のルイーザ的には納得がいかない。

「ほら、お前がひどいことを言うからショコラも怒ってる。ショコラはこんなにも可愛いんだから大丈夫だよ」

「なんの根拠にもなっていません！ 軽率な行動はおやめください！」

「全く、レーヴェは堅すぎるよなあ、ショコラ」

（待って、苦しい……！）

ルイーザはヴィクトールにぎゅうぎゅうと抱きしめられて更に頬ずりをされる。

（い、今のはノーカウントよ。私は犬だもの。ただ犬の口と人間の唇が触れただけ。ムードも何も

なく初めての口づけが奪われたわけではないわ……）

遠い目をしながら頼れる姉貴分（犬）マリーに助けを求めようとするも、彼女は既にその場から逃げていた。使用人からはいつも助けてくれるのに。

七．番犬のおしごと

灰色の雲が空を覆っている。今日は朝から、今にも雨が降り出しそうな空模様である。

雨の日は番犬たちもお休み……ということにはならず、雨が降り出したら二～三匹ずつ外に出され、他の番犬は待機し、時間ごとに交代となる。常に外に出しておくと、体を冷やしかねないからだ。

厚い毛皮に覆われた体はあまり寒さを感じないのだけれど、長い間雨に当たるのはやはり体に良くない。犬でも体調の管理はしっかりとされている。そのため雨が降ったらあまり外にいられない。

（雨、降らないといいけど……）

ルイーザは曇天（どんてん）を見上げながら思う。犬的に外が好きだから、というわけではなく、単純に犬には娯楽がないのだ。

令嬢であった頃は、部屋の中で勉強をしたり本を読んだりと、雨天であっても何かとすることがあった。特に読書であれば無限に時間を潰すことができる。

しかし、犬生活をしている今は、犬舎に入れられたところで寝るくらいしかすることがない。

幼い頃からの目標のために、常に忙しくしていたルイーザにとって、ただゴロゴロとするだけの時間は苦痛なのである。

更に雨が嫌な理由を挙げると、犬になってから妙に雷に恐怖を感じるようになったということだ。雷を怖がるだなんて、七歳になる頃にはもう卒業したというのに、犬の体は耳が良いせいかどうも駄目だった。ゴロゴロと響く重低音や、爆発するような落雷の音を聞くと、ふさふさの大きな尻尾がヒュッと後ろ足の間に入ってしまうのだ。

今の空を映したように憂鬱な気持ちのまま外を歩いていると、聞きなれない言葉が微かに聞こえ、ルイーザの耳がピンと立つ。

『……から、……』

『――、しが……――と……』

聞こえた声はこの国の言葉ではない。異文化に興味を持ち、他国の言葉を覚えられるだけ覚えたルイーザはなんとなくわかったけれど、小声で話しているためか、はたまた距離があるためか、内容までは聞き取れない。

今、他国からの訪問があるようなことは父も言っていなかった。

城の敷地内で他国の言葉が聞こえることの不自然さに疑問を抱いたルイーザは、声が聞こえる方向を向く。近くにいた黒い犬も、ピンと耳を立てていたかと思うと突然走り出した。

（……！　不審者ってことかしら？）

ルイーザは少しワクワクしながら先輩犬の後を追った。

番犬になって結構経（た）つけれど、まだ不審者撃退というのはしたことがない。番犬の存在というのは、基本的に牽制の意味が強いのだ。もっとも、そんなに度々不審者が現れては困るのだけれど。

いつもよりも湿気を帯びた芝生を走っていると、裏庭の端の方に二人の人影が見える。

「わん！」

「ウゥ～ワン！」

「うわ！」

先にたどり着いていた先輩犬に倣ってルイーザも吠えると、二人の男がびくりと肩を揺らしてこちらを振り向く。

「……チッ。何だ犬か」

苦々しい顔でこちらを向く男二人。二人共、貴族らしい服を着ていた。

片方は、有名人だったので社交界に出入りしていた頃に挨拶程度はしたことがある。

栗色の髪に、王家の血筋を表す金の瞳。王の甥……ヴィクトールの従兄(いとこ)でもある、アーデルベルトだ。

ルイーザたちの姿を見た彼は眉間に皺を寄せ、端整だけれど神経質そうな顔を歪めた。

使用人に聞かれたくない話をする時に、他国の言葉で話すのは大して珍しいことではない。

……のだけれど、このようなところで人から隠れるようにコソコソと話すのはどうにもきな臭い。

間違っても、気になる女性の話をしている、とかの可愛いものではなさそうだ。

「グルルルルル」

先輩犬が男たちを見つめたまま唸る。

アーデルベルトも隣の男も、貴族らしく身なりは整っており、城に出入りするのに相応しい恰好だ。更にアーデルベルトは王家に連なる大貴族の嫡男でもあり、不審者と認定するべき人物ではないのだけれど、隣の犬は警戒を緩めない。

(私も警戒した方がいいのかしら?)

ルイーザは首を傾げながらも、番犬の振りをするために先輩に倣い威嚇の姿勢に入った。

逞しい体つきの大型犬二匹が、鼻に皺を寄せて今にも飛びかかりそうな姿勢を取るのはそれなりに恐怖を与えるものらしく、男二人は怯んだ様子を見せた。

「わかったわかった、向こうへ行くから」

「……犬畜生が」

「ガウ!」

(なんですって!)

片方の男が犬をなだめるような仕草をする一方で、アーデルベルトは小さく暴言を吐き捨てた。犬の耳だと、小声もよく拾う。

ルイーザがひと吠えすると、男たちは慌てたように去っていった。

ルイーザがまだ王太子妃候補だった頃。

ローリング伯爵家は貴族の中ではそこまで身分の高い家ではなかったけれど、それでも候補者の中で筆頭と言われていたルイーザは、王太子以外からの上流貴族子息からの声かけも非常に多かった。もちろん、王妃を目指していた彼女は相手にしていなかったけれど。

先ほどの男――アーデルベルトからも、何度か声をかけられたことがあるしダンスを踊ったこともある。顔立ちも整っており身分も高く、更に言えば非常に優秀と評判の良い男だった。

他国への留学やお忍びの外遊もしたことがあるという彼は、他国文化に興味を持つルイーザとはそれなりに話が合ったのだけれど、胡散臭い微笑みと少々傲慢な様子がどうにも気に入らなかったのだ。

表向きはルイーザを一人前の令嬢として認めているようでいて、その瞳の奥には〝所詮伯爵家〟との嘲りの色が見えた。

とはいえ、それ自体は特に珍しいことではない。

確かにローリング伯爵家はそこそこ歴史も長く、現在は王の忠臣の一人と言われているため、いくつかある伯爵家の中でいえば地位が高い方であるが、それでも伯爵位には変わりない。家格が低いというだけで下に見てくる公爵・侯爵家の人間は案外多いのだ。ルイーザの父が王に気に入られているのを面白くないと思う人間も。

年配の貴族であれば、そういった感情を上手く隠す術にも長けているものだが、アーデルベルトは隠しきれていないというのがルイーザの印象だった。

アーデルベルトが優秀だというのは多分嘘ではないのだろう。知識も豊富で、語学も堪能。自主的に諸外国を見て回る行動力は、保守的な人間が多いこの国では珍しい。

――しかし、常に他者を見下す気質の男を未来の王として敬うのは抵抗がある。

ルイーザは王位を従兄に譲ってもいい、と言っていたヴィクトールのことを思い浮かべた。与えられた執務を嫌々こなし、時折逃げ出すこともある、王太子としては少々無責任な男。しかし、側近に傲慢な態度をとらず、愚痴を漏らしつつも著しく評価を下げるようなことはせず、表向きは特に問題のない王太子として立っている。

婚約者を選ぶにしても、爵位ではなく自分と相性の良い伴侶をと真剣に考えていた。ルイーザがまだ婚約者候補だった時も、無意識に身分でルイーザを見下していたアーデルベルトとは違い、ヴィクトールは婚約者候補の令嬢全員に対して紳士的に接していた。

多分、彼は他人を尊重できる人なのだ。王としては随分甘い人だとも思うが、どちらにつきたいかと言われると、考えるまでもなくアーデルベルトよりもヴィクトールだ。

そこまで考えてから、ふん、と鼻先を上げて去っていく男たちの後ろ姿を睨め付ける。

(やっぱり、ろくな男じゃなさそうね)

今は犬になっているせいか犬に対する暴言はかなりルイーザを苛立たせた。元々犬は好きでも嫌いでもないのだけれど、この姿でいるせいで同族意識というものが芽生えてしまっているようだ。

隣にいる犬は、先ほどまでは唸っていたけれど逃げ行く男たちを深追いするつもりはないようで、既に興味を失った様子で元居た場所へ戻ろうとする。

不審者……ではないけれど、きなくさい男たちを威嚇し終えたルイーザも、少々得意げな様子で鼻先を上げて元来た道を戻るために振り返った。

くるりと向いた先には、なんとも微妙な表情をした魔術師ノアが立っていた。

「わん！」

（びっくりした！）

目の前のことに集中していたせいか、犬の耳を以てしても近づく足音に全然気付けなかった。これでは犬失格である。立派な犬になりたいわけではないけれど。

＊＊＊＊＊

いつの間にか本格的に降り出した雨が、研究塔の窓を叩く。空は厚い雲に覆われているため、昼間だというのに外は薄暗い。魔道具や薬草が所狭しと並ぶ室内も、外からの光があまり入らない今はどこか不気味な雰囲気すら漂っている。

ルイーザの目の前に座る魔術師は、呆れた目で彼女を見つめていた。

「……ルイーザ嬢、そんなに真剣に番犬業務はしなくてもいいんだよ」

（……好奇心に勝てなくて……）

確かに軽率な行動だったかもしれないと、ルイーザはしゅんと耳を寝かせる。

今回はたまたま大事には至らなかったけれど、もし本当に不審者だとしたら、怪我では済まなかったかもしれない。見た目は同じ犬でも、躾と訓練を経た本物の番犬のような戦闘力は元令嬢のルイーザにはないのだ。

そんなルイーザの様子を見て、魔術師ノアは困ったような表情でガシガシと乱雑に鳶色の髪を掻く。

「あー……陛下と伯爵からは、怖がらせないようにと口止めされているんだけれどね。知らないまま危険な行動をしては元も子もないからね。——君を犬舎に置いているのは、君を守るためでもあるんだよ」

（こうなった原因を調べやすくするためじゃないの？）

「もちろん、研究塔と行き来しやすいようにという意味もあるんだけれどね。大まかな原因がわかった今、本当は君は邸に戻っても問題ないんだ。解呪に必要な薬の材料が揃ってからも調整は必要だけれど、それだけであれば僕が邸に行っても良いわけだし」

ノアの長い前髪に殆ど隠れた眉は、困ったように下がっている。ルイーザは、ノアの言わんとしていることはわからなくても、普段は飄々としている彼の今まで見せたことのない表情にどこか緊張した。

「君をその姿にした犯人は、君が犬になったことを知っているはずだ。……例えば、人間を攫おうとするとどうしても目立つし足が付く危険があるけれど、犬であればケージに入れてしまえば簡単だ。……遠くへ連れていって殺してしまうことも」

背筋にひやりとしたものが走る。

暫く犬舎で過ごしてほしいと言われてから、腑に落ちない気持ちはありつつも何だかんだ気楽に過ごしてきた。犬の本能に抗えず、人としての尊厳が傷つきかけたことはあれど、命の危険を感じたことは一度もない。

「これは最悪のパターンだけれど、例えば山奥で君を殺したとして、そこに残るのは良くて犬の死体、可能性によっては何も身に着けていない君の遺体だけ。……令嬢の君がそんな姿で見つかれば、辱められたと捉えられかねないから、伯爵だって捜査できない。君の名誉を守るために、療養先での病死として片づけるだろうね」

ノアの言う、最悪の状況を想定してルイーザはぞっとする。確かに、人間を犬にするというこの国にはない技術——呪薬自体、簡単に手に入るものではない。少しの悪戯程度の気持ちで出来ることではないのだ。

何も言わないルイーザの不安を察して、ノアは慰めるような声色で話を続けた。

「あくまでも最悪のパターンだよ。……でも、この国では知られていない技術で君をその姿にしたんだ。必ずそこには悪意がある」

(でも、何故ここが安全なの？　家だって常に護衛はいるわ)

「人の気配に敏い番犬たちの中にいる君を攫うのは普通の邸に侵入するよりも難しいんだよ。彼らは普段は大人しいけれど、何か異変を感じればすぐに吠える。犬が強く反応すれば、裏門や王宮に詰めている騎士たちだって来るからね」

(お父様たちがそこまで考えていたなんて、知らなかったわ……)

確かに、今の生活では常に周りに他の犬がいた。昼間は、それぞれが自由に歩き回っているため、それなりに距離があったりするけれど、いずれにしても何かあれば犬の足ならすぐに駆け付けられる。

「だからね、ルイーザ嬢。他の犬が何かの異変に反応したら、君は極力その異変から遠ざかるように心がけるんだ。間違っても、今回のように自ら危険のもとへ行ってはいけないよ」

(……わかったわ)

「それと、公爵家の嫡男が誰かと話していた件については、明日か明後日僕も時間を合わせるから、念のため君から直接お父上に話すといい。ただの世間話であればいいけれど、僕の生まれは下級貴族だし、子供の頃に研究棟に入ったからあまり貴族の力関係には詳しくない。だから何とも言えないんだ」

ノアの言葉に、ルイーザは一つ頷いた。

今の生活をしている以上、ルイーザも貴族の力関係や、社交界の出来事には疎くなってしまっている。妙なことを感じたのであれば父に話しておくのが一番だろう。


研究所を出て、番犬の行動範囲に入ったところで送ってくれたノアと別れ、犬たちの休憩所に戻ると見慣れた先客がいた。言わずと知れたこの国の王太子殿下である。

ヴィクトールは、既にルイーザの同室犬を捕まえているようだ。焦げ茶色の毛と薄茶色の瞳を持つ若い雌犬を撫でまわしている。同じ色合いということで、実は彼女に少し親近感を覚えている。

(まあ、大人しくていい子だし、触られるのも嫌がらないからちょうどいいかもね)

番犬たちも個々によって性格が異なり、犬によっては、飼育員以外の人間から触られると嫌そうな顔をしながらもされるがままになる犬もいれば、するりと逃げてしまうのもいる。今日ヴィクトールが抱えている子は、番犬たちの中では比較的おっとりと受け入れるタイプだ。

ルイーザが休憩所の水を飲んでいると、機嫌の良さそうなヴィクトールの声が聞こえる。

「ショコラ！　ショコラもこっちへおいで！」

たまには同室犬にヴィクトールを任せてお昼寝でもしようかと思いながら、ちらりとその姿を一瞥すると、座っているヴィクトールの傍に、ナプキンに広げられたクッキーと思われる物体が見える。

（……おやつがあるなら少しくらい相手をしてあげてもいいわね）

王宮の料理人が作る犬用クッキーは、野菜が練りこまれているのか自然の甘味がほのかに感じられてなかなかの美味である。

人間だった頃は、特別お菓子好きだったわけではないはずなのだけれど、犬になってからは毎食同じような食事が出されているせいか、時々もらえるヴィクトール印のおやつはそれなりの贅沢品に感じるのだ。

小走りで呼ばれたところに向かうと、彼は左手を犬の肩に回したまま、右手でぽんぽんと芝生を叩いた。

おやつのために、ルイーザは示されたところにお座りをする。胡坐をかいている彼の膝を、ちょいちょいと前足でつつくと嬉しそうに笑っておやつを差し出してくれる。

（うん、今日のクッキーも美味しいわね！　豆とチーズかしら？）

何度かもらっているせいか、すっかりクッキーソムリエになってしまう。ざくざくとした、少し硬めの歯ごたえもちょうど良い。

おやつを楽しんでいると、大きな手が首元をふかふかと撫でまわしてきた。

「カカオも可愛いけど、やっぱりショコラも可愛いなあ。ふふ、二匹に挟まれて幸せだ」

(あ、この子の名前は素材の方なのね)

同じ色合いで、カカオとショコラ。自分に付けられた名前も甘ったるくて恥ずかしいと思っていたが、カカオはカカオでなかなかのものである。

「殿下はよく違いがわかりますね。並べてみると微妙に顔立ちが違うかもしれませんが、単品で見ると僕にはどっちがどっちだかわかりませんよ」

供をしていた文官のファルクが目を瞬かせながら言うと、ヴィクトールは得意気に胸を張る。

「全然違うぞ。カカオはおっとりしていて温厚で、ショコラは元気な甘えん坊だ」

(甘えた覚えはないわよ！)

抗議の意味を込めて、何やら都合の良い記憶改ざんをしたと思われる男の肩に、どすんと頭突きをする。犬を見分ける技術は純粋にすごいと思うけれど、犬心は全くわかっていない。

「おっ、さっそく甘えん坊モードかいショコラ。よしよし、たくさん可愛がってやろう」

「わふ！」

(甘えてないってば！　……ちょっと！)

ヴィクトールは楽しそうな表情でルイーザの首元に両腕を回したと思ったら、ごろんと仰向けに寝転がった。刈られた芝生の上とはいえ、高貴な身分の王太子が屋外で横になるとは驚きである。

引っ張られたルイーザは、そのまま上半身をヴィクトールの上に乗せる形になった。供をしているのが真面目な男であれば、そんな王太子の振る舞いに苦言を呈しただろうが、本日の供は我関せずで周りを見ている。注意は期待できなさそうだ。

(全く！　犬にお腹を見せるなんて！　その体勢は降参ポーズなのよ！)

番犬同士で遊びとして追いかけっこや取っ組み合いをする時も、遊びの終わりは大抵どちらかがお腹を見せて降参する。番犬の中では下っ端のルイーザは、降参する側になることが多い。犬同士で思い切り遊んでしまうことについては、ルイーザの自尊心に関わる部分なので深く考えないことにしている。

それはともかく、次期国王ともなる人間が、番犬の下になるなんてとんでもない。番犬のルールが人間の身分制度に適用されるわけではないのだけれど、気持ちとしては穏やかでない。

「今日もふかふかで可愛いねえショコラは！」

そんなルイーザの心境など知らないヴィクトールは、下から見上げる体勢のまま、両頬を揉みこむように手を動かす。ついつい、その手つきにマッサージに似た心地好さを感じてしまう。

(うっ……撫でる技術だけは流石だわ。それに、これはこれでなんだかちょっと気分がいいわね)

普段めったに降参されることのないルイーザだ。たまには自分が上になるのも悪くない。すぐに退かなければという人としての心と、上に乗って気分が良くなる犬心の間で葛藤してしまう。尻尾だけは、既に上機嫌にふりふりと揺れてしまっているのだけれど。

「あーもう可愛い。このまま連れて戻ったら駄目かなあ。毎晩こうして抱き枕にして眠りたいくらいだ」

（何を言っているのかしらこの男は）

王太子の寝室に日中外を歩き回っている犬なんて連れ込んだら、流石に各所から咎（とが）められるだろう。猫と一緒に寝ているという令嬢の話は聞いたことがあるけれど、それはあくまでもずっと室内にいるペットの話だ。

（大体、未婚の男女が同じベッドに入るなんて……）

ルイーザはつい、想像してしまう。

もちろん犬と人間が一緒に寝たところで何も間違いは起こりようがないし、ヴィクトールにやましい気持ちがあるわけではないこともわかっているのだけれど。

一応はこれでも本来年頃の乙女。先ほどまでは気にならなかったのに、急に理性が働いてしまった。ここまでくると、顔が至近距離にあることすらも意識してしまう。

相手は見目だけは特別秀でている王太子。しかも、社交で見せるような愛想笑いではなく蕩けるような微笑みを浮かべている。

ヴィクトールは慈しむような手つきでルイーザの頬を撫で、そっと頬ずりをしようと顔を寄せてきた。

「ギャンッ!!」

唐突に恥ずかしくなったルイーザは叫ぶように鳴き声を上げて思わず飛びのいてしまう。突然の行動に驚いたヴィクトールが、目を瞬かせながら半身を起こす。

「ショコラ？　どうした？」

「あっはっは、よくわからないけど振られましたね殿下。いつも外にいる犬だから室内で過ごすのは堅苦しいんでしょう」

（失礼ね！　野生の犬じゃないんだから！　夜は屋内で寝ているわよ！）

八．王太子妃候補たちの試練

昨日から降り出した雨は、今日も続いている。昨夜に比べて雨足は弱まったけれど、未だにしとしとと地を濡らしていた。

ルイーザは午前中に外に出され、他の犬と共に裏庭を見回っていた。

ちょうど裏門と城を結ぶ石畳の道付近を歩いていた時に、裏門方面から調理場の下働きらしき服を身に着けた男が手押し車を押しながら城に向かうところだった。

裏門で商人から食品を受け取った後、食品が詰められた木箱をなるべく雨に濡らしたくなかったのだろう。重量のある荷を積んだ手押し車をガタガタと鳴らし、結構な速度で走っていた。

(使用人は大変ね……って、ええ⁉)

「わっ、ご、ごめん！」

他人事のように思いながら男を眺めていると、ちょうどルイーザの前を通った時、不幸にも車輪が水溜まりに入り、泥水を盛大にルイーザに引っかけていった。使用人は謝りながらも、犬よりも荷物が優先らしく城へ向かって去っていく。

残されたのは泥に濡れたルイーザのみ。生まれてこのかた泥水なんて浴びたことがないルイーザは、瞳をぱちくりとさせたまま男性使用人を見送ることしかできなかった。

そこへたまたま通りがかったランドリーメイドが、茫然としているルイーザがあまりにも哀れだったのか、綺麗に洗って泥を落としてくれたのだ。

実家が犬を飼っているという彼女の指捌き（ゆびさば）はなかなか見事なものだった。

更には、わざわざ温風の出る魔道具まで借りてきてくれて、丁寧なブラッシングのおまけつきだ。

今やルイーザの毛並みは、雨や泥水によって汚れていたのが嘘のように、ふわっふわになっている。

（元に戻ったら私の侍女にスカウトしたいくらいだわ）

もっとも、元に戻ったルイーザの全身は毛に覆われていないので、彼女の指捌きが役立つかはわからないけれど。

幸い、洗い終わる頃には見回りの交代時間になったので、今日はこの毛並みを雨に濡らす心配はなさそうだ。

犬舎に戻ると、庭に出ていない犬たちは各々の部屋で休んでいた。ルイーザの同室にも二匹ほどの犬が休んでいる。皆完全に眠っているわけではないのだろうけれど、犬舎に入れられた犬には基本的にすることがない。

（暇ね……本でも読めたらいいんだけれど、この姿じゃ無理よね）

ノアに「人間であることを意識するように」と言われたこともあり、ルイーザは暇な時は昔のことを思い出すようにしている。

今日は、今までどんな本を読んだとか、元の姿に戻ったら何が読みたいといった本への思いを巡らせながら、ゆっくりと目を伏せた。

ルイーザは、元々読書が好きだった。異国文化に興味を持ったきっかけが絵本だったこともあるのだけれど、知らない知識を得るという行為がそもそも好きなのだ。

幼い頃は勉強の息抜きとして、時折自分好みの本をゆっくり読む時間を設けていた。家庭教師がついたばかりの幼い弟からは、授業で字を見て息抜きで字を見る姉上の気が知れないと言われたが、ルイーザにとって活字との触れ合いは全く苦にならない。

自宅の書庫にある本は大抵読んだし、子供の頃から王城の一般開放されている図書館にもよく出入りしていた。

貴族の子供は、基本的に十歳になるまでは存在を伏せられる。

もちろん、親戚や親しい者から「あの家に生まれたのは女児だ」とか「嫡男が生まれた」「養子をとった」などの噂は回るので完全に隠されるわけではないのだけれど、少なくとも髪や瞳の色などの容姿は隠される。医療が発達していない、子供の生存率が低かった頃の名残と言われるけれど、実際は多分誘拐防止である。もちろんローリング伯爵家も例外ではなかった。

それゆえルイーザは父に頼み込み、使用人を付き添わせ、魔道具で瞳と髪の色を変え裕福な平民風の装いをして、密かに図書館巡りをしていたのだった。

ある程度の身分か紹介状さえあれば立ち入れる王城の図書室は、ルイーザのお気に入りの場所だった。実家の図書室や街の図書館と城のそれとでは、置かれている本の数が段違いなのだ。庶民が好むような娯楽小説や子供が好むような絵本などは少ないが、逆に歴史書や学術書、異国の本などが多く保管されている。

特に異国の本は高価な上に、この国とは異なる価値観や宗教観も交えて書かれているために、禁忌とまでは言わないがあまり褒められた存在ではないとされ、流通自体が非常に少なく貴重な品なのだ。

当時十に満たなかったルイーザは、背丈よりも何倍も高い本棚の間を縫って奥へ行く。

王宮の図書室を利用する者の多くは、勉学に励む士官の見習いや学者、調べものをする文官などだ。自ずとそういった人たちが手に取るような本が手前に並べられているのだが、ルイーザが求める本はもっと奥。普段ここまで訪れる人が多くないせいか、ほんの少しだけ埃っぽい。しかし埃とインクが混ざったような香りは嫌いではなかった。

奥の奥で一つ一つ背表紙を見ながら今日読む本を選ぶ。このエリアに置かれた本たちは、元は王宮の住人の私物だったものばかりだ。研究者に喜ばれそうな本たちは手前の棚に置かれ、禁書になりうる本たちはまた別のどこかに保管されているため、ここには『その他』に分類されたものばかり。

かつての王家に生まれた子供に与えられた冒険譚や、騎士が姫を救う物語、子供向けの図鑑や中には庶民の間に伝わる眉唾な怪談話など、様々な本が並べられていた。

ある数冊の本がルイーザの目に留まる。

あまり外交に積極的ではないこの国にとって数少ない友好国、フリアンテ国から昔の王子か姫に贈られたと思われる児童書だ。一冊ずつでも読めるシリーズもので、ルイーザは一年ほど前に、偶然古書店で見かけた三巻だけを持っているのだが、ここには一巻から五巻まで揃っている。

せっかくだから一巻と二巻を借りようとハードカバーの本を二冊引き抜いた。三巻は、主人公の少年がドラゴンを倒しに行く、シンプルだけれど手に汗握る冒険譚だった。この二冊には一体どのような物語が綴られているのだろうと胸を弾ませながら本棚の間を戻る。

本を抱えながら貸し出し手続きをしようと司書のもとへ行くと、先客がいた。生成り色のズボンと白いシャツを身に着けた、ルイーザよりもいくつか年上の少年が司書と揉めているようだ。

「――そう仰られましても、教本であれば家庭教師に尋ねるのが良いかと思います」

困ったように司書が白髪交じりの頭を掻きながら少年を宥めていた。

「その教本の課題部分を丸暗記して書いたら理解が足りないと言われたんだ。何かこう、サクッとわかる本はないだろうか」

よくわからないが、面倒くさそうな主張をされて司書が困っていることは幼いルイーザにも理解できた。

(長くなりそうなら、先に手続きさせてくれないかしら)

本を選んだらすぐに帰るつもりで馬車も待たせているのに、と少々ふてくされた気持ちで少年の後ろに並ぶ。

「試しに先日フリアンテ王家から父上に送られた翻訳前の礼状を見せられたけれど、一行で脱落したよ。大体さ、文法も発音も全然この国とは違うのに理解しろっていう方が無理だと思わない?」

「はあ……」

少年から、「フリアンテ国」という言葉が聞こえてルイーザは思わず抱えている二冊の本を見つめた。ちょうど、その国の言語で書かれている児童書を持っている。

「失礼。かの国の言語を理解したいのであれば、ぜひこちらをどうぞ。私は一冊でも読めれば良いので、一巻はお譲りいたします」

あまり馬車を長く待たせたくないルイーザは、これを持ってさっさと自分に貸し出し手続きをさせてくれ、という本音を隠して愛想良く微笑んだ。

まさか声をかけられるとは思ってもいなかったのだろう。少年は、振り返って驚いたようにぱちぱちと瞬きをする。そして、ルイーザが差し出した本を見て困ったように微笑んだ。

「おや、児童書か。申し訳ないね、レディ。僕はもう、そういったものは卒業した歳なんだ」

少年が眉尻を下げてルイーザの頭を撫でる。まるで子供を宥めるような手つきにルイーザはむっと口を尖らせた。

「児童書を卒業した貴方はこのフリアンテ語の児童書を辞書もなく読むことができますの？　確かに話自体は子供向けの児童書ですけれど、これは子供向けだからこそわかりやすい言葉で書いてあるのです」

ルイーザも三巻を買った時は、全く読むことができなかった。辞書を片手に読み、それでもわからないところは父に聞きながら読み進めていくうちに、徐々に辞書がなくても読めるようになったのだ。未読の巻はまたわからない単語を調べる必要があるだろうけれど、文法の法則もわかってきた今は最初よりも速く読めるだろう。

　そう思ってルイーザは得意気に胸を張った。

　ふっと笑いを漏らすような音が聞こえてそちらを見れば、騎士服に身を包んだ青年が口を押さえて震えていた。同じように騎士を目に移した少年がむすりとした表情で低い声を出す。

「レーヴェ、何が可笑しい」

「いえ、まるで〝きょうだい〟のようだなと思いまして」

「僕に妹がいたとして、こんな口達者なはずがない」

「いえいえ、逆です。そちらのお嬢様が姉の方ですよ」

　その言葉でますます口を尖らせる少年の様子に、笑いを収められなくなった騎士の声が静かな図書室に響いた。

　未だ笑いの収まりきらない騎士はルイーザの手から本を受け取り、その少年に手渡した。

「どちらにしても、ご令嬢の仰る通り今の貴方では児童書でも辞書なしでは読めないでしょう」

「……まあ、確かにこういう本ならば退屈な文献と違い楽しんで読み進められるだろうな」

　少年は拗ねた表情のまま本を受け取り、ぱらりと何ページかそれを捲った。その様子を見たルイーザは、ほら見たことかとまた胸を張る。

　そんな少女の様子を見て、少年は眉尻を下げて苦笑いをした。

「……わかったよ。僕よりも年下の君でも読める本を読めないというのは流石に恥ずかしいからね。君のアドバイスを参考にこれで勉強させてもらおう」

ぱちりとルイーザは目を開く。

あれは幼い頃の夢だ。犬も夢を見るのか、中身が元人間だから夢を見たのかは知らないが、昔の記憶を辿るような夢だった。

さわさわとルイーザの毛が逆立つ。もし今人間だったら、その顔は真っ青になっていたことだろう。

(なんで今の今まで忘れていたのよ、私のばか!!)

彼は飾り気のない服を着ていたために、当時のルイーザは下級貴族の次男か三男あたりだろうと思っていた。

しかしよくよく考えたら城に面した王宮から来たからこそ特に畏(かしこ)まった服装ではなかったのだろう。むしろ下級貴族であれば尚更、あんな街歩きでもするような服では、一般開放エリアとはいえ城内に入れるはずがない。

ルイーザがまだ子供の頃の出来事とはいえ、今思い返すと既に十代半ばだった王太子の顔立ちは今とそう変わりない。公(おおやけ)の場では、誠実で穏やかな王太子として振る舞っているためか記憶の中の少年の印象とは一致しないが、犬になってから知ったヴィクトールの一面を見ると納得できる。

今思えばあの時の彼は司書に愚痴を言いたかっただけで——司書は非常に困っていた気がするけれど——彼が探していたのは比較的翻訳がしやすそうな歴史書か何かだろう。子供が読むような児童書を渡されたところで何の解決にもならなかったはずだ。

自分が児童書を読めなかったことを認め、目下の生意気な少女を咎めることもなく本を受け取ってくれたヴィクトールの優しさは当時から変わらないようだと思いつつ、とんでもなく世間知らずで怖いものなし、つまりは生意気だった過去の自分を振り返ってルイーザは恥ずかしさに身悶えた。

ばふばふと全身で犬用ベッドを叩く音が静かな犬舎に響く。

(ああ、これがきっと〝穴があったら入りたい〟って気持ちだわ。もういっそ、外に出て穴を掘ってしまおうかしら。ええ、なんだか無性に穴が掘りたくなってきた……)

そんなことしたらせっかくふわふわになった毛皮がまた泥まみれになってしまうかもしれないが、穴掘りに熱中しているうちにこの沸き立つような羞恥心は収まるはずだ。多分。

ぴたりと動きを止めて起き上がった瞬間、犬舎に誰かが入ってくる音がした。外の音と匂いが雨に消されたために、反応が遅れてしまったけれど、建物内に入った瞬間すぐに誰が来たのかわかった。

「やあ、皆。休んでいる時にごめんね」

ベッドに転がったまま、部屋に入ってきた人間たちに目をやる。思った通り、ヴィクトールだ。

正直、今の気持ち的にあまり対面したくなかったけれど、今日はいつもと少しだけ雰囲気が違うことが気になった。

いつもは執務の休憩時間らしき時に一人でふらりと訪れ、側近が迎えに来るまで犬を構うのだけれど、今は最初から二名の騎士を横につけている。更にその隣には、一人の令嬢と侍女らしき女性が立っていた。

（シャーロットだわ）

ルイーザの元取り巻きである、伯爵令嬢だった。派閥も同じ、家格も同じなのだけれど、ルイーザの方が教養や周りの評価が高かったために、シャーロットは取り巻きのような立ち位置になっていたのだ。

いつも夜会で見かける作り物のような笑顔で、ヴィクトールは微笑んでいる。反対に、シャーロットの表情は少し硬い。

「ず、随分立派な犬たちですね」

「ああ。立派だろう。毛並みもとてもいいんだ。おいで、ショコラ」

普段であればヴィクトールは問答無用で犬に飛びつき触りまくるのだけれど、今は王子様スタイルを貫くようだ。ルイーザに彼の言うことを聞く義理はないのだが、一応は王族の臣下である身。この体に流れる貴族の青い血が、彼の言葉に従えと言っていた。

というのは建前で、本音を言うと、微かにヴィクトールから美味しそうな匂いがするのだ。つまり、言うことを聞けばおやつをもらえるかもしれないという下心だった。どうやら食べ物が絡むと、思考が犬になりやすいようだ。

ベッドから起き上がり、ヴィクトールの前に座ると、彼は屈んでゆっくりとルイーザの頭を撫でた。いつもの無遠慮に毛皮を掻くように触る手つきとは大違いである。

「この子はとても人懐こくて可愛いんだ」

（懐いていないけどね）

フンと鼻を鳴らし、シャーロットの方を向く。

状況から察するに、ヴィクトールが妃にする『犬好きの女性』を見極めるために呼んだのだろう。大方、彼女が犬好きだと答えたために、ここに連れてきたのだと思われる。

（とても犬が好きそうには見えないけれど）

シャーロットは、手を胸の前で握り顔を引きつらせていた。

しかし、この状況は面白くない。ここに連れてきたということは、ヴィクトールの中でシャーロットは有力な婚約者候補の一人ということだ。

ルイーザが王太子妃候補を実質辞退となって以降、犬生活を送りつつも考える時間だけは嫌というほどあった。最初は荒れ狂っていた気持ちも、今ではある程度割り切れるようになったはずだった。

だから自分以外の誰かがいずれ婚約者となることなんてわかっていた。

にもかかわらず、いざ状況が進んでいるのを目の当たりにすると、胸の奥からむかむかと燃えるような感情が湧いてくる。

いや、ルイーザは元々、ヴィクトールの妻になりたかったわけではなく王妃になりたかったのだ。だから、ヴィクトールが他の女性を選ぼうとしているこの状況に、特に乙女としての胸は痛まないはずだ。

ただ、自分が辞退する羽目になった席に近づきつつある彼女に対して思うことがあるのは仕方ないと、湧き起こる苛立ちの言い訳をする。

一方、シャーロットは恐る恐るルイーザを撫でようと手を伸ばす。そんな姿が、少し哀れにすら思えた。

——だから、ルイーザとしては完全に善意だったのだ。渦巻くような嫉妬心を呑み込んで、シャーロットに向き合う。

（いいわ。同じ派閥のよしみとして触らせてあげる）

「ひぃっ」

繰り返すが、あくまでも善意で、今日ふわふわになった毛、中でも特にふわふわな胸元の毛を触らせてあげようとしたのだ。

胸元を触りやすいようにクイ、と顎を上げた瞬間、シャーロットの喉から細い悲鳴のような音が漏れて手を引っ込められる。

大きな体軀の犬が突然動いたことに怯えたのか、はたまたかざした手に嚙みつかれるとでも思ったのか。

犬が好きといった手前、この反応は良くないと自分でも思ったのだろう。彼女ははっとした後、青ざめた顔のまま取り繕うような様子でお辞儀をした。

「わ、私、ちょっと調子が悪いみたいで……今日は失礼いたします」

早口でそう言い、すぐに踵を返すと、ぱたぱたと淑女らしからぬ早歩きで部屋を出ていってしまう。

（……なんなのよ！　失礼しちゃうわ！）

侍女らしき女性がその後を追って行ってしまうと、むすりとしたルイーザと呆気にとられたヴィクトールがその場に残された。微動だにしない騎士やこちらに興味の欠片も示さない同居犬たちもいたけれど。

無言の数秒が過ぎたのち、ヴィクトールが大きな溜息をつく音が室内に響いた。

「あれのどこが犬好きなんだ。せっかく一番人懐っこいショコラを紹介したのに」

「お言葉ですが殿下、シャーロット嬢が飼われているのは小型犬です。突然大きな犬の前に連れてこられたら驚くのも無理はないでしょう」

「大きな犬だってこんなに可愛い」

納得がいかない様子のヴィクトールに、ついていた騎士の一人、レーヴェはやれやれと首を横に振る。そんな騎士を気にする様子もないヴィクトールは、先ほどシャーロットに撫でてもらえなかったルイーザの胸元のふわふわを撫でまわした。

「ショコラ、何か今日はいつもよりもふわふわだね。ああ、ここに顔を埋めたい……」

「わう」

(それは嫌よ)

王子様風からすっかりいつもの様子に戻ったヴィクトールは、ルイーザの首元に顔を近づけるが、前足でぎゅっと押し返してやる。

他の女を連れてきておきながら乙女の首に顔を埋めようだなんて不躾にも程がある。その彼は、前足の感触すらも恍惚とした表情で受け止めるのだから、少々不気味である。

しかし、今のルイーザが一番気になるのは別のことだった。

ヴィクトールたちが犬舎に訪れてからずっと、彼から美味しそうな匂いがしているのだ。ふんふんと鼻を鳴らし、ヴィクトールの右ポケットに長い鼻先を押し付ける。

ヴィクトールは、くすぐったそうに笑いながらポケットの中からナプキンに包まれたそれを出した。

「ははは。ショコラは鼻がいいな。何を持っているかわかっているのだな」

「わふ！」

（お芋！）

紫色の皮に包まれた、黄金に輝く芋は価格が安く長期の貯蔵ができ、栄養価も高く美味しいという庶民に広く親しまれる食物だ。旬の時期には貴族が口にする菓子などに使用されることもあるけれど、やはり庶民が食べる野菜というイメージが強いためか、身分の高い人たちからはあまり好まれていない。

伯爵令嬢のルイーザも好きこのんで食べていたわけではなかったのだけれど……犬は芋が好きなのだ。犬になってから初めて食事に芋が入っていた時に、その美味しさに驚いた。素材の甘みとほくほくと蕩ける舌ざわりが素晴らしい。

「今日は嫌な思いをさせるかもしれないから、お詫びに持ってきたのだが……そんなに喜んでもらえるなら持ってきて正解だったよ」

「わふわふ！」

（まあ、お芋に免じて許してあげるわ！　痛い思いをしたわけでもないし）

太い尻尾をぶんぶんと振りながらヴィクトールの手から芋を食べる。

こうしておやつをもらった日は、王太子付きの側近により何をどれだけ与えたか報告され、当日や翌日の食事量が調整されるので何も得にはならないのだけれど、目の前の誘惑には抗えない。

「暫くは今日みたいに騒がしくするかもしれないけれど、協力頼んだぞ、ショコラ」

「わふん！」

（気が向いたらね！）

シャーロットは同派閥のよしみで触らせてあげようと思ったのだが、今後舌戦による牽制をし合った令嬢や因縁の令嬢が来たら優しくするつもりはなかった。

ルイーザはそこまで心が広くない。あくまでも、優しくするのは認めた相手のみにするつもりだ。

犬の本能のまま食べ物には釣られるかもしれないけれど。

九．良い知らせと悪い知らせ

すっかりお馴染みとなった研究塔。魔術師のノアが、長い指をすっと二本立ててルイーザと父伯爵に問いかけた。

「良い知らせと悪い知らせ、どちらから先に聞きたいですか？」

（なに、その大衆向け小説みたいな問いかけは）

「ルイーザ嬢でも大衆向け小説なんて読むんだね」

（周りと話を合わせるためにね。どちらの知らせも結局聞くのだからどっちでもいいわよ）

大衆向け小説とは、その名の通り庶民が読むような小説なのだけれど、こっそりとそれらを好む貴族女性は珍しくない。お茶会や夜会以外の外出は殆どなく、家で過ごすことの多いこの国の女性たちは読書を娯楽にすることが多いのだ。ルイーザも流行りの小説はお茶会での話題に上ることも少なくないため、それなりに目を通すようにしている。

「良い知らせの方は、ようやく解呪薬の材料が輸入できる目途が立ちました。あらゆる可能性を考えて多めに輸入できるように手配したから、手元にさえ来てしまえば調薬の途中で材料が切れることはないと思う」

(いよいよ、戻れるのね！)

「そうか……！　ありがとう、ノア殿」

思い起こすと、番犬生活はとても長かった。三か月弱ほど過ごしたこの生活は、嫌なことばかりではなかったのだけれど、人間として生まれたのだから人間に戻りたい。

この状況がいつまで続くのかわからないことに若干の焦燥感もあったために、ノアの知らせはルイーザにとって非常に喜ばしいものだった。父も同じだったのだろう。目が少し潤んでしまっている。

「それで、悪い方の知らせだけれど……。材料が手元に届くのは、一か月先くらい。調薬には、早くて半月、長くて一か月ほどはかかると思う。何せ、こちらでは使われていない薬だからね。計算上は成功の見込みがあるけれど、何事も実際に触れてみないとわからないんだ」

(長く見積もって、二か月くらいね……)

ノアの口ぶりからわかってはいたけれど、やはり長い。ただ、気の遠くなるほどの長さというほどではない。何よりも元に戻る目途が立ったということに、ルイーザは安堵の溜息をついた。

「でも……その期間はルイーザ嬢の精神が犬の体に馴染んでしまう期限ぎりぎりかもしれません」

「そんな……！　どうにか遅らせることは難しいのだろうか？」

茫然とするルイーザの横で、父が焦ったように声を上げる。ノアは、気まずげな表情で首を左右に振った。

「僕が今まで参考にしていた書物には、成功例と懸念事項しか書いてありませんでした。……そして、こちらが昨日届いた研究書です」

テーブルの上に置かれた本を、ルイーザと父が覗き込む。遠い異国の言葉で綴られたそれは、近隣の友好国の言語を学んだルイーザにも読めなかった。

しかし、その挿絵には黒い猫と、裸で四つん這いになる男の姿が描かれている。

「元々は、動物に姿を変えどこかへ侵入する目的で作られた薬なんです。ここには実験の失敗例が綴られています。この被験者は、三か月間猫の姿を取った後に解呪される予定だった。しかし、解呪前に助手が解呪薬が入っていた瓶を割ってしまった。不幸が重なり、解呪に必要な材料が一種足らず、仕入れに時間がかかったために薬が完成したのは元の期限の二か月後だった」

ノアの言葉を聞いて、父がごくりと喉を鳴らす音が聞こえた。

その先の、狂人のような男の絵につながる理由。

薄々察したルイーザはぞわぞわと毛を逆立てる。

無情にも、目の前の魔術師は言葉を続けた。

「期限から遅れて人間の体に戻った男の精神は、既に猫の体に侵食されていた。服を着るのを嫌がり、言葉が通じず、動くものを追いかける。暫く療養の形をとったが、生涯人間としての精神を取り戻すことはなかった――と記載されています」

(合計五か月の時点で、手遅れってことね……)

犬になって、現在で三か月弱。薬ができるまで最長二か月。

その期間が意味することを考えて、ルイーザは震えた。

「この研究室には、僕のように彼と言葉が通じる人はいなかったようです。彼は、人間と意思疎通が取れなかった。僕や、僕を介して伯爵と言葉を交わせるルイーザ嬢とは条件が違う……と思いたいのですが、情報が少ないので確信は持てません」

「そう……か。私たちにできることは、何もないのだろうか？」

「すみません……。材料が届いたら、なるべく急ぎますから。ルイーザ嬢も、気を強く持って。僕も時間が取れる時はなるべく君と話をする機会を作るから」

「……何もできなくてすまない、ルイーザ……」

（お父様は何も悪くないわ。……ノア、どうかよろしくね）

ノアが力強く頷く。ルイーザは、悔し気な表情をする父を見て胸が痛んだ。自分の状況も辛いのだけれど、父を苦しめていることもとても辛い。

自分が人間に戻れなかったら、父は一生後悔をするのだろう。もちろん、今あまり会えない母も同じだ。

「私からも、一つ報告がある。両陛下は、なかなか決断されない王太子殿下に業を煮やし、二か月後の豊穣祭までに婚約者を決めるように命じた。今、殿下は候補の令嬢たちと個別の時間を設け、婚約者を本格的に決めようとされている」

（……そう。とうとう決まるのね）

「ルイーザ……非常に言いにくいんだが――」

（大丈夫よ、お父様。私の中で折り合いはついているの）

昨日、ヴィクトールが令嬢を連れて犬舎に訪れたことでわかってはいた。生涯の伴侶にする女性を決めるために、彼も動き出したのだろう。

ずっと求めていた次期王妃の椅子。この国の高貴な女性の中で、唯一国政に関わることのできる女性になりたかった。このような形で戦線離脱となって、悔いが残らないといったら嘘になってしまうけれど、割り切る時間は十分にあった。

一般の貴族女性が政治に参入した前例がないのであれば、作ればいいのだ。

理解ある男性を探して嫁ぎ、文官になるもいいし、外交官を目指すもいい。

今までルイーザが培ってきたものは、決して無意味ではないはずだ。

そして何よりも、飛びぬけた長所もなければ、疵となる短所もない普通の王太子、というヴィクトールの印象は随分と変わってしまった。

蓋を開けてみれば、犬に向かって弱音を吐き、執務に対する熱意はなく、王位を継ぐ自信も責任もない。そしてちょっとおかしいほどの犬好きだ。

更に言えば、犬に対しての愛情は疑いようもないけれど、割と一方的だし若干しつこい傾向にある。

そんな風に、将来国王となることが確約されている王太子としてはどうなのだろうと思う面をたくさん見てきた。

そのため、今までのように〝自分の夢〟のためにポンコツな彼との婚姻を選んでもいいのかと悩むようになったのだ。

今でも、元々の印象通りのそこそこ優秀な王子であれば、義務的ではあるが有意義な婚姻を結べただろうという気持ちはある。

それでも、新たに知った本当の彼のことは嫌いではない。犬になった自分に噛み心地の好い玩具や美味しいおやつをくれるし、思いやりもある。悪い人ではないのだ。

そんな少々情けないヴィクトールと共に苦労しながら国を支えていくのも、きっとそれはそれで楽しかったのではないかと詮無きことも少しは考えてしまう。

ルイーザは頭を振って胸中を圧迫するような感情に蓋をする。

「王太子のこともそうなんだけれど、それだけじゃなくてな……。王太子が婚約者をお決めになったら、候補だった令嬢が一気にフリーになるだろう？　今まで婚約者のいなかった子息たちの婚約が次々と決まることになると思う」

（……つまり？）

「ルイーザと年の頃の合う良い嫁ぎ先が、次々と埋まる――乗り遅れたら、良い縁談を見つけるのが難しくなるかもしれん」

（〝悪い知らせ〟の割合高くないかしら⁉）

ルイーザは悲愴感溢れる声で吠えた。

＊＊＊＊＊

元王太子妃候補、現嫁き遅れの危機に瀕しているルイーザだけれど、今彼女にできることは何もない。

自分を磨こうにも、この状態では令嬢として何も磨けないのだ。犬が家庭教師を頼むことなどできないし、ダンスのステップも踏めなければ本を読むことすらできない。

気を取り直して、昨日の出来事――アーデルベルトが裏庭で密談らしきことをしていた件を父に報告した。父は、非常に苦い表情で聞いている。

「……アーデルベルト様といえば、最近隣国の第四王女との婚約がまとまりそうだという話を耳にした。外遊先で互いに身分を隠していたにもかかわらず惹かれ合ったという話だが、どこまでが本当かはわからない」

（……そんな情熱的な方には思えなかったけれど）

ルイーザは、今までのアーデルベルトの印象と昨日見た姿を思い浮かべる。優秀という評価を得てはいるが、どこか傲慢で狡猾なイメージが強い。

実際は公爵子息と王女ではあるが、出会った時は身分差があると思いながら惹かれ合う――なんて話は、彼の印象とかけ離れている。

「第四王女は身分の高くない側室の娘だそうだ。しかし、それでも高貴なる血筋であることは変わらない。アーデルベルト様のご婚約が正式に調ったとして、王太子殿下が選ぶ女性によっては、アーデルベルト様を次期王に推す声が高まる危険がある」

（伴侶で王の資質が問われるというの？）

あまりの馬鹿馬鹿しさにルイーザは呆れた。

王妃は国政に関わることができるが、国の頭はあくまでも王。

そして、王と王妃の子であるヴィクトールが唯一の王太子であることは変わらないというのに。

姫君を選んだくらいで、アーデルベルトの方が王に相応しいというのも可笑しな話だ。

それに、アーデルベルトが優秀と言われるのはあくまで勉学においての話だ。今も公爵家嫡男として次期当主になるための教育を受けているかもしれないが、国政においては既に一部の公務を任されているヴィクトールの方が（たびたび現実逃避しがちとはいえ）経験面で上だろう。

「本来であればありえないことなのだが、アーデルベルト様は幼い頃から優秀と言われているし、王甥として王位継承権も持っているからな。反対に、王太子殿下は、相応しくないわけではないが、少々……王としては穏やかな気性であられるから」

言葉を濁しているが、言いたいのは王位を継ぐことへの自信と責任感のなさのことだろう。

そして優秀とうたわれている王甥のアーデルベルト。もし二人が兄弟として王家に生まれていたら、確かにアーデルベルトの方が相応しいと言われていたかもしれない。

（それでも、王の唯一の子を差し置いてアーデルベルト様が王太子になるのは、多くの国民や貴族が受け入れないと思うわ）

「王太子殿下に自信がないこと、アーデルベルト様が優秀と言われていること、そしてそのアーデルベルト様が高貴な女性を妻に迎えること。一つ一つは取るに足らなくとも、重なるとそうは言っていられなくなる。さらに、なかなか婚約者を決めなかった王太子殿下が一人の女性を選んだとしたら、その女性によほどの疵（きず）がない限り両陛下も反対しにくいだろう」

（だったら、王族なんだから殿下にも高貴な女性を連れてきて結婚させてしまえばいいじゃない）

そう言ってのけると、父が少々残念そうな目で見つめてきて、「お前は幼い頃から勉強漬けだったせいか情緒の方が少々アレだな」と呟くので、ルイーザは解（げ）せない気持ちになった。

王侯貴族に生まれたからには、その身分に相応しい婚姻を結ぶのは当然ではないか、と。

少し前の時代は、親同士で縁談をまとめ、本人たちは結婚するまで顔を合わせたことすらないというのも普通だったはずだ。

「最初からアーデルベルト様が隣国の王女と結婚するという情報があれば、両陛下だって最初からそれに負けないような高貴な令嬢を探してくることもできただろう。だが王家に嫁ぐに問題のない令嬢を集め、この中から好きに選んで良い、とした後にそれを反故（ほご）にするのは、親子間だけでなく令嬢を候補として送り出した各貴族との信用問題にも関わるのだよ」

（……そういうものかしら）

「しかし……ルイーザは自分のことだけを考えておくれ。昨日ノア殿に言われた通り、番犬の振りをしているとはいえ、異変があった時はすぐにその場を離れるんだ。アーデルベルト様を見かけた時も、なるべく近寄らないようにな」

（わかったわ）

ルイーザが了承すると、父は満足そうな表情で頷いた。

十．ある側近の苦労

「本日の午後、王妃陛下からお茶の誘いが入りました」

「えぇ……それ、断れないかなぁ」

主（あるじ）であるヴィクトールが、羽ペンをくるくると回しながら情けない表情をするのを見て、レーヴェはこっそりと溜息をつく。

王妃の話の内容は、多分婚約者のことだろう。今シーズンに入ってからというもの、まだ婚約者は決まらないのか、と定期的に急かされているのだ。

「無理でしょうな」

「何も進展はない、と母上に言うのが怖い……」

ヴィクトールはこれから起こるであろう母との問答を想像して、項垂れるように頭を抱えた。

決して、両親と不仲なわけでも嫌いなわけでもない。それなりに愛情を注がれているという自覚はあるし、国政に携わる統治者としての姿は尊敬だってしている。

しかし、苦手であるものは仕方がない。ヴィクトールの母は非常に気が強く、公の場では国王である父を立てているものの、家庭内では父も母に逆らえないほどだ。

そういうこともあって、ヴィクトールは気が強い女性が少々苦手だった。

更には昔、母に甘えようとしてあしらわれるという臣下には到底見せられない父の姿を目にして以来、ああはなるまいと強く誓ったほどだ。それでも二人が愛し合っているのはわかるのだけれど。

「早くお決めになれば良い話でしょうに」

レーヴェは溜息をつく。

温厚で可もなく不可もない王太子として通っている彼の主は、見ての通り少々情けないところがある。

自分がまだ少年騎士だった頃に当時八歳の王太子殿下に仕え始めて、十五年になる。これだけ長く傍にいれば、良いところも多く知る分、欠点も含めて全て受け入れてしまえるのだけれど、国の未来がかかった今回ばかりは甘いことも言っていられない。

「そうは言ってもね、なかなか決め手に欠けるんだ。選り好みをしているわけではないんだけれど……」

端整な顔立ちに憂いを乗せて呟くヴィクトールを、レーヴェは目を眇めて見つめる。

『優しくて穏やかで、犬が好き』

一見普通の条件に見えるが、誇り高い貴族令嬢として育った婚約者候補たちに『優しくて穏やか』を求める時点でかなり絞られてしまう。

その上、『犬好き』が更に難しくしている。

彼の言っている犬とは、一般的に愛玩動物とされる小型犬ではなく、牧羊や軍事、狩猟などの目的で飼育される大型犬のことだ。

深窓のご令嬢が、大型犬を愛でられるとは思えない。現に、既に何人かの令嬢を犬舎に連れていっては逃げられているのだ。

「今は色々と動きもありそうですから、王妃陛下も殿下が誰を選ぶのか気になっているのでしょう」

「……アーデルベルトの件か。生まれる家が逆だったら良かったのにな」

——生まれる家が逆だったら。

幼い頃幾度か心ない貴族の間で囁かれていたその言葉が本人から出てきたことに、レーヴェは思わず息を呑む。

ヴィクトールは、二つ上の従兄であるアーデルベルトと幼少の頃から比べられて育ってきた。当時のアーデルベルト様はもっとおできになりました、と家庭教師に言われていたのをよく聞いたものだ。

家庭教師からしてみれば、ヴィクトールの闘争心に火をつけたかったのかもしれないが、彼にとっては逆効果だった。

繰り返しアーデルベルトと比べられることで、徐々に自信をなくし、学ぶことへの意欲も失っていったのだ。そしてますます、アーデルベルトとヴィクトールを比べる者が増えてゆく。

レーヴェや他の側近たちから見て、ヴィクトールは決して劣っているわけではない。むしろ、意欲がないまま『可もなく不可もない』評価を得ることができているのは、ヴィクトールの実力を表しているのではないだろうか。

それに、幼い頃だって劣等生だったわけではない。もし、幼い頃に心折れずに本気で学んでいれば、優秀な王太子となっていた……と、傍に仕える者たちは思っている。

「誰が何を言おうと、王位継承権第一位は貴方です」

「でも、アーデルベルトの縁談がまとまれば貴族たちが抱く印象も変わってくる」

最近宮廷を騒がせている、隣国の王女の件が頭を過る。

各有力貴族の当主はある程度高齢であるため保守的になる傾向にあり、隣国の王女が王妃になることに眉を顰める者も多いとは思うが、次世代の者たち——次期当主となりうる若手の認識は少々変わってくる。

むしろ、今ですら新しい風を求める声も少なからずあるくらいだ。

かといって、苛烈な性格の王妃を母に持つおかげで気の強そうな女性を避ける傾向にあるこの王太子が、対抗して気位の高いどこかの王女と縁を結ぶとは考えにくい。淑女として育てられた貴族令嬢のことすら、少々怖がっている節があるのだ——元々、そこまで王位に執着していないのもあるけれど。

「ああ、全て投げ出して犬たちに会いに行きたい……」

ヴィクトールは、書類が並べられた執務机に突っ伏して弱音を吐く。

彼は幼い頃から動物が好きだった。猫や兎などの小さい動物も好きらしいが、何より思い切り抱き付けるような大きな犬を好んでいる。愛想はないけれど無暗に人間に危害を加えない番犬たちは、彼にとって思う存分愛でられる対象になっていた。

「動物は余計なことを言わないから」と呟いた少年時代のヴィクトールの悲し気な笑みを、レーヴェは忘れられずにいる。小さい子供にそんなことを思わせるほどのことを周りの人間たちは囁いたのか、と憤ったものだ。

国王夫妻も、あまりにも無礼な貴族のことは咎めていたようだけれど、最終的にはヴィクトール自身が乗り越えるべきだと考えているようだった。

表で良い顔をして裏で残酷な言葉を平気で述べる貴族の相手に疲れた王太子にとって、飼い主と認識している飼育員以外に無駄に尻尾を振らないところも、番犬たちを気に入っている理由の一つらしい。

――もっとも、今一番可愛がっているのは物につられて尻尾をぶんぶんと振る犬のようだけれど。

己(おの)が利のために表向き媚(こび)を売るのは人間だけで十分だと言っていた主に対して、歪んでいる……とも思ったが不敬に値するので、レーヴェは心の奥に押し込めた。

「飼育員を困らせますので、どうか程々になさってください。あとは、休憩を取られるのは必要な執務をこなしてからでないと側近たちが困りますので、そちらについてもお含みおきください」

レーヴェの言葉を聞いたヴィクトールは、む、と子供の頃のように頬を膨らます。

成人済みの男がやる仕草ではないが、幼い頃から知っている人間だけになると、つい昔に戻ることがあるらしい。

本来であれば執務を補佐する文官たちが直接進言すべきことなのだが、王太子に遠慮して言えない者が多いせいか、幼い頃から傍に仕え十五年来の付き合いになるレーヴェが彼らに泣きつかれるのだ。本来であれば主を諫めるのは騎士の仕事ではないというのに。

ヴィクトールが渋々と顔を上げて執務に取り掛かったところで、執務室の扉を叩く軽い音が響いた。

扉から顔を覗かせたのは、ヴィクトールの幼馴染でもあり側に仕える文官でもあるファルクだった。手には何かを包んだ白いナプキンを持っている。

「殿下、頼まれたものを持ってきました」

「ありがとう、ファルク」

「……頼まれていたもの、とは？」

ヴィクトールの声がやたら明るくなったことに嫌な予感がしたレーヴェは、険を含んだ声で問いかけた。言葉を発してからレーヴェの存在に気付いたファルクは、やべっという顔をしたが一瞬で引っ込めて笑って誤魔化した。

「……ほら、最近令嬢を番犬たちのもとへ連れていっては嫌な思いをさせているだろう？　お詫びを用意しないと、と……」

若干気まずげにヴィクトールが答える。

状況から察するに「嫌な思いをさせている」とは、令嬢たちに対してでは多分ない。このどこかずれた王太子でも、まさか貴族の令嬢にナプキンで簡単に包んだだけの〝何か〟を贈るとは思えない。

今まで大きな犬と引き合わせられた令嬢が皆、思わず叫んだり怯えて忙しなく立ち去ったりという行動を取っているため、たびたび不快な思いをさせてしまっている犬へのお詫び、ということなのだろう。

以上のことから考えると、ナプキンに包まれたそれは調理場からもらってきた食物だと思われる。

「犬にやたらおやつを与えると、飼育員が困ります」

「私が会いに行くことと〝嫌な思い〟が紐づけられては困るし……」

どの犬に何をどれだけあげたかは必ず伝えられているため餌の量は調整されているらしいが、番犬の餌はそもそも栄養バランスが考えられているはずだ。こういったことが度重なると栄養も偏るだろう。

特に王太子気に入りの焦げ茶の犬は、他の犬に比べて与えられるおやつへの食いつきがいい。他の犬は差し出されたものをただ食べる程度なのだが、焦げ茶の犬は食べ終わると尻尾を振って次をねだるのだ。

そのうちあの犬だけ太り出すのではないかとレーヴェはこっそり思っている。

「まあまあレーヴェ。殿下の妃が決まるまでは仕方がないさ」

「お前もお前だ！　俺は飼育員に毎回困った顔をされて気まずい思いをしているんだぞ！」

「えー僕は別に気まずくないけど？」

肩をすくめるファルクの姿に苦々しい気持ちがこみ上げる。

こいつはこういう奴だった。

ファルクはレーヴェと同じく、王太子を諌めることができるほど彼と親しいのだけれど、他の誰かに諫めるよう訴えられても大抵笑って流す。

他の側近や飼育員たちも、ファルクに言っても重要性をわかってもらえず、ヴィクトール本人に伝えてもらえないことがわかっているので、結局レーヴェのみが割を食うことになるのだ。

レーヴェは、片手で瞼を覆い呆れた様子を隠すことなく盛大に息を吐き出したのだが、休憩時間に思いを馳せる主と飄々としている同僚には伝わることがなかった。

十一．惨めなその姿

あと二か月で元に戻れなければ、犬になってしまうかもしれない。

先日ノアに言われた言葉が、ルイーザの胸の内を蝕（むしば）んでいた。

「あまり長くその姿でいると、精神が完全に犬になる」とは最初から言われていたけれど、前例と共に具体的な期間を提示されてしまうと一気に現実味が増してしまう。

＊＊＊＊＊

（ノアのように、動物と話せる魔術師は珍しいの？）

『この国ではまあ、珍しいと思うよ。研究塔にも僕の他には一人しか知らない。他の国ではどうかわからないけれどね。それに僕も、動物と対話できるわけではないよ。動物と人間では根本的に思考が異なるから、なんとなく言っていることがわかる程度だ』

（……それなら、完全に猫になってしまった人の傍には誰も言葉が通じる人がいなかったのかもしれないわね）

『そうだろうね。僕も、動物になった人間と会うのは初めてだったから、こんなにはっきりと意思疎通ができることは君で初めて知ったけどね』

＊＊＊＊＊

先日ノアと交わした会話を思い出す。

ノアが珍しい、というのであれば、意思疎通ができる人物が近くにいればどれだけ人間でいられる期限が延びるのか——それ以前に、本当に期限が延びるのかということすら確証を得るのは難しい。これぱかりは、運を天に任せるほかできることはない。

この状態になった時は、まだ暑い季節だった。しかし、今は時折冷たい風が吹くようになり、青々としていた木々も、季節の移り始めを見せている。

長くてあと二か月。人間に戻れたとしても、冬に差し掛かる頃だろうか。


さくさくと、夏の頃より水分の減った芝生を踏む複数の足音がする。

秋風に乗ってきた匂いで、誰が近づいているのかルイーザにはすぐにわかった。

今日も、王太子であるヴィクトールが、婚約者候補が犬を受け入れるかどうかのテストをするために来たのだろう。ヴィクトールの香りと一緒に、女性ものの香水の匂いも微かに風に乗っていた。

ルイーザは、気に入らない令嬢であれば引き合わされた時にちょっと意地悪でもしてやろうかと考えていたけれど、そんなことをする以前に令嬢たちは皆、大型犬を受け入れなかった。

家に籠る（こも）ことが多い貴族女性に、触れたこともないような大きな犬を撫でろと言っても無理な話である。

彼女たちにとってペットといえば、小鳥や兎、せいぜい大きくても女性の手で抱えられるサイズの小型犬か血統の良い猫くらいだろう。ルイーザだって、こんなことにならずに大型犬に引き合わされていたら怯えて逃げていたかもしれない。

番犬用の休憩スペースに着いたヴィクトールが連れていた女性は、婚約者候補たちの中で最もルイーザが忌避していた女性だった。

（……メリナ・ノイマン伯爵令嬢）

他者を蹴落としてでも目的に向かういっそ清々しいほどの狡猾さは、次期王妃の座を勝ち取るに相応しい気性かもしれない。

しかし、煮え湯を飲まされたことはどうにも忘れられない。自分の何が気に入らないのかわからないけれど、社交の場ではやたらと目の敵（かたき）にされてきたのだ。

先ほどまで休憩所にいたマリーは、足音が聞こえた時点でどこかへ去っていった。今ここにいるのは、リーダー格の大きな黒毛の雄犬と、ルイーザだけだった。

令嬢たちと会わせる際はなるべく穏やかな犬を選んでいるらしいヴィクトールは、二匹を見てルイーザのもとへ歩いてきた。もう一匹の雄犬は性格は穏やかなのだが外見が少々威圧的だと判断したのだろう。

令嬢と共にいる時の彼は一人で犬を構いに来る時と違い、やはり夜会で見るような王子然とした笑顔だ。

「やあショコラ。今日は友人を紹介させてくれ。メリナ嬢だよ」

ヴィクトールの言葉はいつもと似たようなものだけれど、令嬢の様子はいつもと違う。これまではルイーザや他の犬を見ると、悲鳴を上げたり怯えて逃げたりする人ばかりだったのだけれど、メリナは平然と微笑んでいた。

ルイーザは、以前父がメリナ嬢は養女だと言っていたのを思い出す。いくつの頃に引き取られたのかは知らないが、庶民の出であれば今までの深窓の令嬢とは違い、大きな動物と触れ合う機会もあったのかもしれない。

「まあ、可愛らしいですわ。大きな体に豊かな毛並み、とっても素敵」

屈託ない笑顔でメリナが言う。「そうだろう」とヴィクトールは満足そうな表情で頷いた。

しかし、ルイーザが真っ先に感じたのは、強烈な違和感だった。

犬になってから、人間の時とは比べ物にならないほど相手の感情に鋭くなった。

例えば、犬が苦手な使用人が裏庭を通る時。平然と歩いているように見えて、緊張や不安、恐怖などの感情が伝わってくるのだ。

だから、犬たちもそういった使用人が通る時はなるべく彼らから離れる。相手を思いやって……というわけではなく、負の感情が伝染し犬側も穏やかではいられないからだ。

緊張している相手にはこちらも構えてしまうし、嫌悪してくる相手にはいつ攻撃されるかわからないと警戒を強めてしまう。

その動物的な感覚でいくと、メリナの瞳に浮かぶ感情は、決して好意的なものではない。侮蔑、嘲り、僅かな憐憫。

楽し気に上がった口角とは裏腹に、冷たい感情を湛えた瞳にぞくりと寒気が走る。ルイーザは、座った体勢のまま動けなくなった。

(……何？　そんなに犬が嫌いなの？)

「この子は、とても人懐っこくていい子なんだ」

自分のお気に入りを褒められて気を良くしたヴィクトールは、メリナの感情に気づかずにどこか誇らしげな笑顔でルイーザを紹介する。メリナは、頬に手を当てて感嘆の声を漏らしてから言葉を続けた。

「まぁ……わたくしが撫でても大丈夫かしら」

「きっと大丈夫だよ」

嫌だ、と思ったけれどここで噛みつくわけにはいかないので、ルイーザはそっと顔を背けるに留めた。

王宮の番犬が罪のない人――しかも貴族に危害を与えたとなると、大ごとになってしまうだろう。ルイーザが危険な犬として処分されてしまうのはもちろんのこと、他の番犬たちもまとめて〝危険な生き物〟として処分されてしまう可能性すらある。

そして、ヴィクトールもここの番犬であれば他人に危害を与えないと信頼して令嬢を連れてきているのだ。何故か、その信頼を裏切るようなことはしたくないという気持ちが強かった。

少々嫌そうなルイーザを気にすることもなく、メリナはルイーザの目の前に屈んで首の横を撫でる。手つきは乱暴なものではないが、ちらりと彼女を見るとやはりその目は冷え切っていた。

（そんなに嫌いな犬を撫でるとは、見事な信念ね）

他の令嬢は逃げ出したというのに。

この様子では、婚約者はメリナに決まりだろうか。自分が選ばれなかったとしても、できればもっと好感が持てて尊敬ができる令嬢を選んでほしかったとルイーザは内心嘆息する。

何気なく再度メリナに目を向けると、彼女の唇が弧を描いたと思ったら僅かに動いた。


『み、じ、め、ね』


その唇の動きを理解した瞬間、ルイーザの体中の毛がぶわりと逆立つ。

（どういう、こと……？）

ばくばくと、痛いくらいに心臓が脈を打った。

惨めね、と確かに彼女の唇は形を作った。

もしかしたら他の言葉を意味するものかもしれないが、間違いなくただの犬に対しての態度ではない。

理解が追い付かず固まるルイーザを見て、メリナはくすりと笑ったと思ったら立ち上がり、ヴィ

クトールに向き合った。

「この子、大人しくてすごく可愛らしいですわ。ヴィクトール殿下はいつもここの犬たちを愛でていらっしゃるのですか？」

「時々、暇ができた時にね。動物は温かくて癒されるから」

「そうですわね。私、結婚したら犬を飼いたいと思っておりましたの。こういう大人しくて賢そうな子を飼えたら、きっと生活が豊かになります」

ヴィクトールとメリナ嬢は、いくつか会話をした後に休憩所を後にした。

動くことができずに彼らの姿を見送ってから、ルイーザは自分の体が尋常でなく震えていることに気が付いた。

（メリナ嬢は知っている？）

（でも、ノイマン家はそこまで裕福ではない――遠い異国から薬を仕入れられるほどの財力はないはずよ）

（では、何故？）


――みじめね。

彼女の赤い唇の動きを何度も脳が再生する。思考がまとまらず、手足の先が冷えてきた。この体になってから、ほとんど寒さなんて感じなかったというのに。

（メリナ嬢が犯人なの？　それとも、私をこの姿にした誰かを知っている？）

『そこには必ず悪意がある』

『最悪の場合、殺されるかもしれない』

以前、ノアに言われた言葉が同時に脳内を駆け巡る。

（どうしよう、どうしたらいいの？　……助けて、お父様、ノア、でん――）

「ショコラ！」

思考に埋もれたまま、どれだけの時間が経過したのかわからないが、ハッとした時にはヴィクトールがすぐ傍まで戻ってきていた。

現実に引き戻されたルイーザは、ある事実に愕然とする。

（私、今誰を呼ぼうとした……？）

そんなことを考えるよりも早く、ヴィクトールがルイーザの前に片膝をついてゆっくりと背を撫でた。

「ショコラ、ごめんよ……。慣れぬ人に触れさせて嫌な思いをさせてしまったね」

混乱して取り乱していた気持ちが徐々に落ち着き、ひと撫でされるたびに震えが収まってゆくのがわかる。

与えられる優しい手のひらの動きに、安堵したルイーザは姿勢を低くしたヴィクトールの肩に顎を乗せて息をついた。

いつもは無遠慮にぎゅうぎゅうと抱き付くくせに、こんな時に限って気遣うようにそっと優しく抱きしめ背を撫でるものだから、更に緊張がほぐれてゆく。

そんな安心してしまう心とは裏腹に、人間としてのルイーザの心には戦慄が走っていた。

認めたくない、認めたくはないのだけれど。

（……もしかして私、このポンコツ殿下に相当懐いてしまっているんじゃ……？）

ルイーザの犬としての部分は、ヴィクトールにすっかり餌付けされてしまっていたらしい。

「未だ殿下はお相手を選んでいらっしゃらないという。全くお前はいつになったら結果が出せるのだ」

「申し訳ございません」

いらいらと落ち着きなく体を揺らす父にメリナは頭を下げる。ここで少しでも反抗的な態度を見せれば厳しい折檻（せっかん）が待っていることは、伯爵家に引き取られてから嫌というほどこの身で学んできた。

表面上は、不甲斐ない自分を恥じるような表情を作り、この無駄な時間が過ぎ去るのをひたすらに待つ。

「今はたいして有力な令嬢はおらぬというのに……やはり所詮は下賤の血か」

（その下賤の血とやらに手をつけたのは貴方でしょうに）

蔑むような声で吐き捨てる男に心の中でだけ言い返す。

メリナの母は父の言う下賤の血――つまりは平民だ。それなりに大きな商家に生まれた母は行儀見習いとして上がったこの伯爵家で父のお手付きとなった。

母がメリナを身ごもった途端、面倒になった父がそこそこの寄付金と共に女子修道院に押し付けたという話は、そこにいた口さがない者たちの噂話で知っていた。表向きは神に仕える清廉な修道女も、内部では下世話な噂話を好む普通の女たちなのだ。

幼少期をそこで過ごしたメリナには、母に撫でられた記憶も、抱きしめてもらった記憶もない。

メリナに物心がついた頃から、いつも母は泣いていた。

手ひどく捨てられたというのに、未だ父を愛し、いつか迎えに来てくれるはずなのだと言いながら。

何年も嘆き続ける母を見ては、馬鹿馬鹿しい、と子供心に思っていた。

身分の高い男に適当に遊ばれて嫁ぎ先がなくなり、修道院に来ざるを得なくなった女性は母だけではなかったのだ。

愛なんて安っぽいもので、人生を棒に振った女はいくらでもいる世界だった。

もちろん、メリナのように修道院で生まれてしまう子供も。どの子供も、メリナと同じように擦れていた。

母の死後すぐに、下品なほどに煌びやかな恰好で血縁上の父が引き取りに来たことはよく覚えている。実子というと世間体が悪いため、養女という体で王太子に近づけようとしたのだ。

清貧な暮らしにも、女だけの穏やかとは言い難い人間関係にも嫌気がさしていたメリナは、二つ返事で養女の話に飛びついた。

このまま修道院に身を置いても、そのまま修道女になるか安賃金で働きに出るか、最悪の場合娼婦に身を落とすことになる。そんな暗い未来しかないのであれば、胡散臭くとも差し伸べられた手に飛びつくしかないと思ったのだ。

とはいえ、伯爵家で待っていたのは思い描いていたような裕福で幸せな暮らしではなく、愛情なんて欠片も感じられない冷めた父と厳しい教育、義母や異母兄の蔑むような視線だったのだけれど。

義母からしてみれば、夫の不貞による子供なんて愛せるわけがないと理解はしているが、メリナだって好きで不貞の子に生まれたわけではない。

それでも、修道院に戻されてあの貧しい生活に逆戻りするよりはいくらかマシだと思いながら、与えられる理不尽に今まで耐えてきたのだ。

「今しばらくお時間をいただければ、必ず良い報告ができましょう。お父様が仰る通り、現在婚約者候補に名を連ねている令嬢は取るに足らない者ばかりですもの」

メリナは先ほどまでの殊勝な表情を消して、少しだけ傲慢に唇で弧を描いた。

こういう時は、自信あり気なこの表情の方が説得力があるということを知っている。

思った通り、満足気な表情で頷いた父は手のひらを翻(ひるがえ)して退室の許可を出した。

華美な装飾がされた執務室を辞してほうっと息をつく。

大きなことを成す度胸もないくせに矜持(きょうじ)ばかりが高い小狡(こずる)いメリナの父の性格をよく表した、薄っぺらな張りぼてのような内装の部屋は息が詰まる。

(王太子は、最終的に私を選ぶわ)

そう遠くない未来、嫁いでさえしまえばもう父の顔色を窺う必要もないのだ。こうして立ち回るのもきっとあと僅か。

父は王太子妃となったメリナに便宜を図ってもらう気でいるのだろうが、メリナにそのつもりはない。

利用価値があるから引き取っただけで、愛情や温かな家族を与えてくれなかった伯爵家に恩義なんて一切感じていないし、婚約者となった暁には下手に便宜を図るよりも宮廷で自分の立場を盤石(ばんじゃく)なものにするための行動をしたい。

余裕ができたら身分を与えてくれた礼程度は考えなくもないが、優先順位は非常に低い。

＊＊＊＊＊

メリナは今日あった出来事を思い出して自室に向かう途中でくすくすと笑みを漏らす。

メリナがノイマン家に引き取られたのは王太子に見初められ、家と王家の縁をつなぐため。社交界デビューを果たしてすぐに、王太子妃候補の一人として名乗りを上げた。

メリナから見て温室育ちの若い男など、籠絡するのは難しくないはずだった。

しかし予想とは違い、笑顔で話しかけても少し甘えてみても、いまいち手ごたえと呼べるものは得られない。決して嫌がられているわけではないのだろうけれど、その他大勢の令嬢と同じく婚約者候補の一人として礼儀正しい対応をされるだけだったのだ。

家格、教養、美しさ……それぞれの分野で、メリナよりも秀でている娘はいくらでもいた。

メリナ自身、生まれ持った容姿にそれなりの自信はあったけれど、幼い頃から厳しく教育され常に人目を意識して磨き抜かれた貴族の令嬢たちと比べてしまうと、洗練された振る舞いを含めた、内面の〝美しさ〟という部分でどうしても一歩劣るのは否めない。

そして王太子がそんなメリナに心を寄せない限り、王太子妃の座を掴み取ることはできないのだ。

父に散々急かされながら動かない状況に悩んでいた頃、メリナに手を差し伸べたのが今の協力者だった。

彼から動物に人が化ける薬だと言ってそれを渡された時は正直半信半疑だった。

プライドばかり高くて胡散臭い協力者のことも、動物の一部を混ぜればその姿に変身させられるなどという眉唾物の薬のこともあまり信用していなかったからこそ、手軽に入手できた王宮の犬の毛を選んだけれど、こんなことなら鼠（ねずみ）や虫に変化させても良かったかもしれない。

まあ、もし成功したとしても王城の中に突然犬が現れたとしたら外に放り出されるか駆除されるかのどちらかだろうと思っていた。

件（くだん）の舞踏会から数日後、ルイーザは体調不良により領地へ戻ったと聞いたから、やはりあの薬は偽物だったと思っていたのに。

王太子から紹介された犬が、彼女だと確信できた要因は、メリナの生まれ育った環境にあった。

もし、自分が生まれた頃から貴族の邸の中で育っていたらきっとわからなかっただろう。

引き取られるまで過ごした女子修道院は、王都の外れにあった。貧民街ほど治安が悪い場所ではないのだけれど、貴族の邸が立ち並ぶ高級住宅街のように安全が保証されている土地ではなかった。近所の住人が犬の散歩で近場を通ることもあったし、残飯を漁りに来る野良犬や野良猫が近くまで忍び込むことなど日常茶飯事だったのだ。

そんな場所に住んでいたメリナから見て、目の前の大きな犬の驚き方は獣のそれとは全然違う、どこか人間臭いものに思えた。

メリナが何も知らなければ、些細な違和感として気に止めなかったかもしれない。

でも、あの夜会の日、給仕を懐柔してあの胡散臭い薬をルイーザが飲むように仕向けたのはメリナ自身なのだ。

驚くように目を見開く様子も、明らかにこちらを警戒しながら堪(こら)えるような様子も、犬らしくない。

嫌悪とまではいかずとも、こちらを良く思っていないことを隠しもしない胡乱気(うろんげ)な瞳は――以前彼女(ルイーザ)からよく向けられていた視線だった。

あんな風にぬくぬくと暮らしているのは誤算だったが、あの矜持の高い令嬢が、犬の振りをしながら生活していると思うと十分胸がすく思いだった。

(ご自慢のダンスも教養も、犬の体では宝の持ち腐れね。平民の世話係に必死に尻尾を振って、裸足(はだし)で外を駆けまわるだけの生活なんて、みじめすぎて笑えるわ)

哀れな元令嬢の姿を思い浮かべて、メリナはにんまりと笑みを零した。

前から気に入らなかったのだ。家柄も飛びぬけて良いわけではないくせに、大して王太子に気に入られていたわけでもなかったくせに、年配の貴族に少し評判がいいからといって婚約者候補筆頭だなんて呼ばれていい気になって社交界を闊歩(かっぽ)する姿が鼻についた。

(若い世代の殿方の支持は私の方があるし、容姿だって少しきつめの顔立ちのルイーザよりも私の方が可愛らしいわ)

負ける要素なんて、本来はこれっぽっちもないはずだというのに、父からは事あるごとに彼女と比べられ叱責されてきた。あちらは国外の賓客と通訳なしで歓談していただの、王妃から非公式の茶会に呼ばれただの、さる公爵家の夫人に褒められていただのと比較し、何故お前はできないのだと。

それももう終わりだ。犬の姿では貴族として振る舞うことはおろか、人間と口をきくことすらできないのだから。

十二．その思惑は

――慣れぬ人に触れさせて嫌な思いをさせてしまったね。

（いやいやいやいやいや）

今日の昼間、ヴィクトールに言われた言葉を思い出してルイーザは顔を左右にぶんぶんと振った。初対面の時にルイーザのことをわしゃわしゃと無遠慮に触りまくった男の台詞（せりふ）ではない。棚上げもいいところである。

しかし今日、ヴィクトールに撫でられ抱きしめられた時にとても安心したのは事実だった。この手のひらは絶対に自分を傷つけることはないと、無意識に信頼を寄せてしまったのだ。

例えるのであれば、父に撫でられた時のような、母に抱きしめられた時のような、温かいもので包まれるような感覚。

そう、ルイーザの犬的な部分が、まるでヴィクトールのことを飼い主と認めているような――

（美味しいものをくれてたくさん撫でてくれるからって懐くって、単純すぎるでしょ犬（私）!!）

オペラや恋愛小説の心理描写のように胸が高鳴ったりとか身を焦がすように切なくなったりだとか幸福感に満たされたりとかはなかった。

初恋すら未経験のルイーザには確証が持てないが、多分恋慕の類ではないのだと思う。ただ、同じ時間を過ごすことは不快ではないし撫でる手つきも嫌いではないだけで。

令嬢としては、まるで飼い主と認識するほど懐くよりも、恋に落ちる方がまだ正常なのだけれど。

(そんなことよりも、問題はメリナのことよ……！)

メリナ・ノイマン伯爵令嬢の意味深な言動。これはすぐにでもノアと父に相談したい。

今までは、二～三日に一回か、長くても七日以内にはノアに呼ばれて研究塔に行っていた。

しかし、いつも当日迎えが来てから連れていかれるので、ルイーザからノアに連絡を取る術はない。父はよほど忙しい日でなければ仕事前か仕事後にルイーザの様子を見に来てくれるが、ノアが通訳をしてくれなければ言葉が通じない。

さらに、ノアは解呪薬の材料が届いたらすぐに調薬に入れるよう、今のうちに資料をもう一度読み込んでおくと言っていた。今は忙しい時期だろう。

一刻も早く相談したいのに、自分からはどうにもできない状況。ルイーザは焦燥に駆られた。

(あれだけで疑うのは早計かしら？　……でも、犬が嫌いだからっていう態度ではなかったわね)

ルイーザは犬舎の自室を、うろうろと歩き回る。同室の犬たちにとってはさぞ鬱陶しいことだろうが、今は体を動かしていないと落ち着かないのだ。

下手をすれば、相談する前にまたヴィクトールがメリナを連れてくるかもしれない。

今まで彼が連れてきた令嬢たちの中で、大型犬から逃げなかったのは彼女だけだ。

ヴィクトールはルイーザの怯えた様子に気付いてくれたけれど……だからこそ、メリナと犬を慣らすために連れてくることは十分に考えられる。

犬になってから、ルイーザに対して不審人物からの接触は一切なかった。魔術師と父を除けば、飼育員や裏庭を通る犬好きそうな使用人たち、王太子とそのお付きの人たち。接する人物は大抵同じだ。

犬そのものが苦手な人が裏庭を通ったことはあるけれど、犬になったルイーザに対して個人的な負の感情を抱いていたのは、メリナが初めてだった。

(どうしよう、メリナの匂いがしたら逃げればいいのかしら？　それで解決する問題？　……もし、犯人がメリナではなく――!!?)

うろうろと歩き回っていたところに、不意に脇腹をつつかれたルイーザは「キャン！」と驚きの鳴き声を漏らす。

恐る恐るつつかれた方を向くと、隣に同室の黒い雌犬マリーが立っていた。落ち着きのないルイーザを止めるために、鼻先で押したのだろう。

(ご、ごめんなさい、睡眠の邪魔をしちゃった……わよね？)

気配にも音にも敏感な犬たちのことだ。他犬が室内を歩き回っていては落ち着いて眠れるはずもない。

ルイーザは気まずくなって謝罪をしてみるが、通じているかは謎である。犬心がわかるようになって感情くらいは読み取れるようになったものの、彼らの細かい心情までは未だに謎なのだ。

マリーは謝罪を気にすることもなく、鼻先でぐいぐいとルイーザを押す。

（え、何、どうしたのマリー？）

強く押されているわけではないのだけれど、なんとなく逆らえずにマリーに押されるまま移動すると、ルイーザの脚がぽすんとベッドにぶつかった。

（……大人しく寝ろってこと、かしら？）

確かに、考えても考えてもルイーザがどうにかできることではない。ノアに呼ばれるのを、大人しく待つほかないのだ。

渋々とルイーザがベッドに上がると、マリーも隣に乗ってきた。ルイーザの隣で伏せる体勢を取ったマリーは、フンと鼻を鳴らして顎を床に乗せた。

やはり愛想はなく見えるけれど、黒い毛の中で輝く金の瞳はどこか優しかった。

＊＊＊＊＊

同室の姉貴分マリーに添い寝されて、なんとか眠ることができたルイーザは思いのほかすっきりと翌朝を迎える。人間の頃と変わらず、犬の体でも睡眠は大事だと思いながら朝食を終えた頃に、待っていた来客があった。父である。

「わふっ‼」

（お父様‼）

ルイーザは登場した父の姿を見て思わず飛びついた。言葉は通じなくとも、どうにか異変を感じ取ってもらえたらノアに話をつけてもらえるかもしれない。

「わふん！　わふん！」

（お父様お願い！　研究塔へ連れていって！）

「どうしたルイーザ、遊んでほしいのかい？」

「わん！」

（違うわよ！）

秋に入って他の犬たちと同様ルイーザにも換毛期が訪れているため、父が着ているジュストコールに毛がついてしまうがそんなことを気にしていられない。

父の胸に前足を置いて、ぐりぐりと頭を押し付けた。言葉は通じなくとも、親子の絆的なもので思いが通じますようにと願いを込めながら。

ルイーザとしては、いつもはしない仕草と行動で異変を伝えたつもりなのだが、父はそう受け取らなかったらしい。ルイーザの頬に両手を添えると、震える声で問いかけた。その顔面は、蒼白である。

「ル、ルイーザ……まさかとうとう精神まで犬に……」

「わん！」

（なってない！）

「そ、そんな……！　いや、昨日は普通だった。まだどうにかなるかもしれない。すぐにノア殿に相談してこよう！」

「くぅん……」

（違うんだけど……）

親子の絆は言語の壁には勝てなかった。

尋常ではない慌てようで、犬舎を出ていく父を茫然と見送ったルイーザは、ノアのところへ行ってくれるのであれば結果オーライである……と思うことにした。

＊＊＊＊＊

いつもの研究塔の一室。ふあ、と欠伸（あくび）をする魔術師の前で、一人と一匹——父娘（おやこ）は頭を下げている。

「すごい剣幕で伯爵が飛び込んできたから何かと思ったよ」

（ごめんなさい……）

「面目ない……」

朝一番、研究塔で仮眠を取っていたノアを、父は叩き起こしてしまったそうだ。

ノアは近頃、明け方近くまで研究し、家にも帰らずに研究室でそのまま仮眠を取っているらしい。

ルイーザの件で睡眠時間を削り忙しくしている彼を叩き起こしてしまったルイーザと伯爵は、非常に申し訳ない気持ちで項垂れる。

「いや、まあルイーザ嬢から僕に連絡する手段がないことを失念していたのも事実なので。伯爵が毎日犬舎に行っているのであれば、ルイーザ嬢から僕に連絡を取ってほしい時には仕草で伝えられるようにサインなどを決めてはどうでしょう」

(そうね)

「う、うむ。緊急度高・低のサインがあれば十分か」

話し合ってサインを決めた後、いよいよ本題に入る。昨日ヴィクトールと共に訪れたメリナ・ノイマン伯爵令嬢の話だ。

ルイーザは、感じたことと起こったことの一部始終を二人に説明した。

「ノイマン伯爵は、気の小さい男だ。一人の令嬢を消すような悪事を企てるような人物には見えなかったが……」

「そもそも、呪薬の購入自体難しいと思います。価格のこともそうですが、薬の輸入元と思われるギーベル国は閉ざされた島国です。現物も技術も、よほどのコネがないと入手できないでしょう。この研究塔にも、最低限の資料しかなかったくらいですから」

「うむ……。輸入の形跡も見つかっていないことから、間違いなく密輸入だろう」

(……気のせいだった、のかしら……)

しかしルイーザには、そうとは思えなかった。

犯人ではないにしろ、何か関わりがあるのではと踏んでいた。昨日の態度も、瞳に映し出された心の内も。

確かに最初はただの犬嫌いなのかと思ったが、もっと強い感情……個人的な悪感情に思えたのだ。

「いや、犬でいる時のルイーザ嬢の勘自体はある程度信頼していいと思うよ。動物は言葉が話せない分、悪意や好意には敏感だから。どこまで関わっているのか、何を知っているのかはわからないけれど、何かしらの意味はあるはずだ」

「陛下には話すつもりではあるが、確証がないため王太子殿下にはどう言っていいのかわからんな……」

メリナを犬舎に連れていかないでほしい、と国王がヴィクトールに伝えたところで理由の説明はできない。

更に言えば、ヴィクトール本人がメリナ・ノイマン嬢との婚姻を望んだ場合、彼女の危険性がまだ疑惑でしかない段階である以上、表立って反対もしづらい。

(とりあえず、メリナが犬舎に近づいたと思ったら顔は合わせないようにするわ。匂いはもう覚えたもの)

「ノイマン伯爵令嬢本人だけでなく、今の段階で知らない人にも近づかない方がいいね。ノイマン伯爵令嬢が〝協力者〟で真犯人が別にいる可能性、または逆の可能性もあるのだから」

ノアの言葉に、ルイーザは頷いた。経済的にも人脈的にも、ノイマン家だけでルイーザを犬にしたとは思えない……ということは、必ず第三者がいる。

対抗派閥の家か、ルイーザを個人的に疎んでいる人間か。

ルイーザは犬になる前、王太子妃の筆頭候補と言われていたけれど、他にも王太子妃候補は大勢いた。確かにルイーザは、教養面等で頭一つ秀でてはいたのだけれど、ルイーザよりも身分の高い令嬢や美しい令嬢はいくらでもいたのだ。

その中で、ルイーザ一人を蹴落として得をするのは誰だろうか。特定できそうで、できない状況である。

「しかし、ノイマン伯爵令嬢が何かを知っている、ということがわかっただけでも進展だろう」

(そうね、今までは何一つわからなかったのだから)

「執務の方が忙しくなるから、暫く帰宅時間が遅くなる。帰りは犬舎に寄れない日も多いが、朝は必ず顔を出そう」

(お父様、ありがとう)

父は少々申し訳なさそうな顔で、ルイーザの頭を撫でた。

そのぬくもりに嬉しくなったルイーザは、父の腕に頬を擦りよせた。その腕が毛だらけになったのは言うまでもない。

十三．城内の異変

　朝から、裏庭を通る使用人たちは何故か慌ただしい。裏門にも、何度か商人が訪れいつもよりも食材などが多く仕入れられているようだ。どんなに人間たちが忙しそうにしていても、犬たちの仕事に変化はないのだけれど。

（何かあるのかしら……？　お父様も、暫くは忙しくなると言っていたわね）

　今年は王太子が婚約者を決めるよう国王夫妻に言われていることもあって、確かに城内での催しは例年よりも多い。

　ただ、こんなにもばたばたとしていることは今までになかった。

　何が起こっているのか気になったルイーザは、二人で歩いている下級メイドの姿を遠目に見つけると、話を聞くためにそっと耳を立てた。

「――結構、行動派の王女様よね。結婚前に嫁ぎ先の国を見てみたいから、だなんて」

「アーデルベルト様との出会いも城下だったというし、女性が自由に行動できるお国なのかしら」

　でも、急すぎて困るわよね、と片方のメイドが肩を竦めた。どうやら、隣国の王女の訪問が突然入ったために皆忙しくしているようだった。

（アーデルベルト様、ということは縁談が噂になっている第四王女のことよね？）

アーデルベルトが隣国の王族と縁づき、力をつけるのではないかと父が懸念していたことを思い出す。

それにしても、普通国賓が訪問するとしてもこんなに城内が慌ただしくなるのは珍しい。そんなにも突然訪問が決まったのだろうか。

「でも、なんだかロマンチックよね。お互い身分を隠して惹かれ合うだなんて」

「うん、恋愛小説みたい」

若いメイドたちは頬を染めてきゃあきゃあと盛り上がっている。

身分を知らず恋に落ちる——確かに言葉だけ聞けば恋愛小説のようではあるが、アーデルベルトのような人間が簡素な服を着て城下を歩いたとして、平民に見えるのだろうかとルイーザは首を傾げる。

貴族のお忍び風、といってもやはり高位貴族ともなると、普通は整えられた髪型や普段の仕草などから、ある程度の育ちは滲み出てしまう。

騎士団に所属している者であれば貴族であっても下町に出入りするので、わからなくもないのだけれど、アーデルベルトは城下を歩く平民に紛れられるような人間とは思えない。

（それにしても、今の状況で知らない人が多く出入りするのは良い状況じゃないわね……）

メリナの態度が気になるとはいえ、ルイーザには誰が本当の敵かわからないのだ。メリナが何らかの関わりを持っている可能性は高いのだけれど、ノイマン伯爵家だけでルイーザを陥れられたとは思えない——協力者・または黒幕が他にいる可能性が高いのだ。

(もう少し、何か聞けないかしら。王女が来るのはいつだとか——)

うろうろと歩きながら、他に二人以上で連れ立っている使用人がいないか探す。使用人たちの世間話の盗み聞きとはいえ、人間とあまり関わることのないルイーザにとっては貴重な情報源だ。

「ショコラじゃないか」

聞きなれた声に振り向くと、小包を持った騎士が立っていた。王太子ヴィクトール付きの騎士レーヴェである。裏門で何かを受け取った帰りだろうか。

ルイーザが近寄ると、レーヴェは屈んでルイーザの顔を撫でた。

(ショコラではなくてルイーザなんだけどね)

「殿下は今忙しくてなかなかお前のところに来られないんだ」

(それも、隣国の王女の件かしら？)

「まあ、王女の滞在が終わったらまた少しは時間が空くだろうから、来週まで殿下のおやつは待っていてくれ」

「わん！」

(そんなに食い意地張ってないわよ！)

まるでおやつをいつでも欲しがる食い意地の張った犬として扱われているようで、ルイーザは憤る。怒ったところでレーヴェには全く伝わらないらしくガシガシと頭を撫でられてしまった。

しかし、レーヴェの言葉から隣国の第四王女訪問の時期がわかったのは収穫だ。時間が空くのは王女滞在が終わる来週、ということは少なくとも数日以内に王女が来るということだろう。

こういった訪問は大抵一か月前には先ぶれが出され、失礼のないように十分な期間を以て準備が進められるものだ。

（王族の訪問としては、あまりにも日がないわよね……って、何⁉）

考え事をするルイーザを撫でていたレーヴェの手が、ふさふさとした毛に覆われた首回りから突然脇腹の方に移動していき、胴部分を確かめるようにぐりぐりと動いている。

「……やっぱりお前、ちょっと太ったか？」

「ガウ！」

（冬毛！）

換毛期により、冬毛になったルイーザは夏場よりもモフッとしているのだ。間違っても、太ったとかではない。ヴィクトールのおやつは美味しくいただいているけれど、食べすぎたと思った時はたくさん裏庭を歩き回っているから大丈夫なはずだ。多分。

レディに対して太ったとデリカシーのないことを言うレーヴェを懲らしめてやろうと、ルイーザは騎士服に体を擦りつけた。

「何だ？　遊んでほしいのか？　俺もそんなに暇ではな——うわっ！」

ルイーザがいじめられているとでも思ったのか、レーヴェの後ろからいつの間にかやってきたマリーが黒い毛に覆われた体を押し付ける。

傍から見るとじゃれついているように見えるが、マリーが——というよりもルイーザ以外の犬が飼育員以外に体を押し付けるのは非常に珍しい。犬に挟まれて尻もちをついた騎士は困った顔で二匹を宥めようとする。

「なんだお前たち突然――あっ、毛が！」

そう、換毛期はまだ完全には終わっていないのだ。毎朝、馬番から人手を借りてきて犬たちはブラッシングされるのだけれど、抜け毛は不思議と無限に湧いてくる。

一度服につくとなかなか自然には取れない犬の毛に存分に困るがいいと、毛だらけになった騎士服を眺めて、ルイーザは満足そうに鼻を鳴らした。

「うわぁ……これなんとかしてから戻らないとな……。全く、悪戯もほどほどにしろよ」

レーヴェは二匹の頭をわしゃわしゃと撫でてから去っていった。

背中まで毛がついているため取りきれることはないだろう。「あの騎士、犬の毛がついてるわ」と可愛らしい侍女に笑われればいいとルイーザはほくそ笑む。

騎士服を毛だらけにするミッションを手伝ってくれたマリーは、金の瞳を一瞬細め、無事を確かめるようにルイーザの首に己の首を擦りつけると、すぐにどこかへ行ってしまった。

（私がいじめられていると思ったのかしら？　マリーはやっぱり優しいわね）

マリーは飼育員以外の人間には懐いていないのだけれど、ルイーザを含む同室の犬たちを守るような行動を取ることが時折ある。犬という動物は仲間意識が強いというのは本当だったのだなぁとルイーザは納得した。

（そういえば、黒い毛に金の瞳って王族と一緒ね。まるで気高く優しい王女様だわ）

そう思うと同時に、ルイーザの脳裏に黒髪で金の瞳の人物が思い浮かんだが、ふるふると首を振って打ち消す。

その男は、優しいかもしれないが気高くはない。どちらかというと自分に自信がなく王位なんて興味がないと情けない発言を繰り返すような男なのだから。

＊＊＊＊＊

「ただ今戻りました」

騎士服についた毛をどうにか手で叩き落とし、心なしか疲労を感じながらレーヴェは王太子の執務室に入る。

執務室の中では、主であるヴィクトールもまた疲れた表情で机に向かっていた。

第四王女の急な訪問の知らせが入ってからというもの、主は机での執務を余儀なくされていた。急とはいえ国賓である王女が来訪する以上、歓迎の舞踏会や晩餐会等の催しを開かなければならない。城内の人間たちと同様、彼もその準備に追われているのだ。

「こちら、頼まれていた物が届きました」

「ああ、ご苦労様」

レーヴェが抱えていた小包を執務机に置くと、ヴィクトールは丁寧な手つきでそれを解いた。

中を開くと、少年が好むような冒険小説が現れる。一見すると何の変哲もない装丁の裏表紙にヴィクトールがペーパーナイフを差し込むと、ぱきりとハードカバーが割れて中から手紙が現れた。紛失しても容易に人手に渡らないように仕込まれた密書である。

玉座というものは、どんなに望まないものであったとしてもおいそれと明け渡せるものではない。しかるべき手順で王位を譲るのならばまだしも、強引な王位簒奪を狙われるようなことがあれば臣下や国民の間に余計な混乱を招いてしまう。

ここ数年のアーデルベルトの尖ったような雰囲気が少々気になることもあって、常に動向には目を光らせているのだ。

そういった活動の一環として隣国に放っていた密偵から届いた手紙を開き、ヴィクトールは唸った。

「第四王女訪問の裏に何かあるかと思ったのだが、本当に王女の思いつきのようだ」

「王女とはいえ身分の低い側室の娘とのことですから、ある程度自由に行動できるのでしょう。あの国では、貴族女性でも職を持つのは珍しくないようですから」

「高貴な身分の女性が一人で他国へ渡れるというのはうちの国では考えられないのにな。近隣の国でも考え方が随分違う」

ヴィクトールの言葉にレーヴェも頷く。

あまり活動的な女性をよしとしないこの国の貴族女性であれば、一人で他国に行きたいと言ったとしても世間の目を気にする親ないし配偶者が許さないだろう。

「王女の近辺を調べた限りでは王女の思いつきということになるかもしれませんが、アーデルベルト様と王女の間でなんらかの個人的なやりとりがあった上での行動、という可能性もないとは言えませんね」

そのあたりの予測に関しては、武で仕える騎士よりも、知に秀でたファルクのような文官の方が向いているだろう。今は席を外しているが、後ほど聞いてみようとレーヴェは考える。

「王家への信用問題に関わる手前、私から言うわけにはいかないが、もしアーデルベルトが穏便に話し合ってくれるのであれば、王太子の座を渡す方法も模索できたというのに……」

「馬鹿なことを仰らないでください。その時殿下はどうなさるおつもりですか。両陛下も、殿下が王になることを望んでおられます」

「私は信仰の道に目覚めたといって神殿に入ってもいい。結婚願望もないし、俗世に思い入れがあるわけでもない」

王族や貴族の次男坊以下が神殿に入るのは珍しいことではない。

基本的には神殿で過ごし、社交界から離れ清貧な生活を強いられはするが、全く外に出られないわけではないし、還俗の例がないわけでもない。王となり国を牽引することに興味のないヴィクトールにとって、そう悪い道でもなかった。

「そうだ、私が神殿に入った暁には犬を神獣とするのはどうだろうか。神殿でたくさんの犬を飼おう」

「既に、国教の神獣は鷲獅子と定められております」

「親しみやすさと可愛さがあればもっと広く民の信仰心を集められると思わないか？」

「信仰対象に親しみやすさは不要かと思いますが。それに可愛らしさを求めるのであれば兎や猫の方が良いのでは？」

「はっはっは、馬鹿だなあレーヴェ。兎や猫じゃあ威厳がないだろう」

いかにも正論、とばかりにヴィクトールがばしばしとレーヴェの背を叩きながら笑う。

犬も猫も兎も威厳に関してはあまり変わりないのでは、と少々理不尽に思いながらレーヴェは微妙な表情になる。

そんな時、ふと叩く手を止めたヴィクトールが突然真顔になって問いかけてきた。

「……ところでレーヴェ。お前何故ショコラの毛をつけている？」

「怖っ！　毛でどの犬かわかるのですか⁉」

「いや、カマをかけただけだが……本当にショコラと戯れていたのか！　ずるい、私はここから出られないというのに……お前は遊んだのか……！」

ヴィクトールは恨めし気な目で騎士を睨む。

ここ数日忙しくしているヴィクトールは、犬舎へと行く時間が取れず、息抜きといっても執務室を出てすぐの中庭で十分ほど外の空気を吸うぐらいの休憩時間しか設けられなかった。

「いえ、別に遊んでいたわけではなく……」

「ちょっと待て、黒い毛もついているぞ！　お前、ショコラだけでなく他の犬とも戯れたのか⁉」

ぎりりと歯を噛み合わせる音が今にも聞こえそうな表情でヴィクトールが唸る。

焦げ茶と黒の抜け毛なんて見た目でそうわからないはずが見分けてしまうヴィクトールに、内心で慄いた。

レーヴェとしては、決して犬たちと遊んできたわけではなく、向こうから絡まれただけなのだけれど、それを言うと火に油ということは明白なので何も言うことができない。

執務室から出られずストレスが溜まっている主を宥める言葉は何も思い浮かばなかった。

もちろんその後、哀れな騎士が多くの仕事を言いつけられ、尋常じゃないほど多忙になることは言うまでもなかった。

十四．番犬（仮）の牙

ルイーザは朝から気分が良かった。昨日、ノアから、解呪薬の材料が半月後に届く見込みだと告げられたのだ。

今日明日届くわけではないが、薬の完成まで正確な目途が立った上に、今のルイーザの状況であれば半月後はまだ自我が保てているだろうとのことだった。人間に戻れるか否かの瀬戸際に立たされていたルイーザにとっては、これ以上ないほどの朗報だった。

（ああ、戻ったら何をしようかしら）

まずは、早く人間に戻って父や母に自分の言葉で感謝と謝罪を告げたい。本だって読みたいし、身の振り方も考えなくてはいけない。番犬生活は、考える時間だけは山ほどあったけれど、逆に考えることしかできなかったのだ。

幼い頃からの性分で、思いついたことに対して全力で行動するルイーザにとっては、やりたいことが募るばかりだったのである。もっとも、犬生活も悪いことばかりではなかったのだけれど。

普段の令嬢生活では話すこともなかった、飼育員や他の使用人たちと触れ合えたこともルイーザの中で大きな経験となっていたし、いつの間にか芽生えた犬たちとの絆も、一歩間違えば塞ぎこんでしまいそうな生活の支えになっていた。

（人間に戻っても、犬たちは私のことがわかるかしら？）

流石に飼育員にはわからないだろうが、同室の犬たちくらいはルイーザのことをわかってくれるかもしれない。

何日も寝食を共にし、時にはじゃれ合うように遊んだ犬たちだ。最初こそ犬の見分けなどつかなかったが、今では確かな絆を結べたと思っている。特に、そっけないがいつも助けてくれるマリーのつややかな毛並みを、人間として撫でてみたい。

城に訪問する機会があっても、一貴族が王宮の番犬の住まう犬舎に訪れることは殆どないが、父に頼めば一度くらいは連れてきてくれるかもしれない。

（殿下……はさすがにわからないわよね）

手ずからおやつをもらったり、珍しい玩具で遊んでもらったり。思えば令嬢であった時には考えられないほどヴィクトールと関わり合った気がする。

しかしそれも、あくまでもルイーザが〝犬〟だったからこそだ。人間に戻ってしまえば、ヴィクトールにとってルイーザは不特定多数――それも少し苦手な令嬢の一人になってしまうのだろう。

（関係ないわね。殿下がお好きなのはあくまでも犬で、私は人間なのだし。その頃にはきっと、婚約者だって決まっているわ）

ルイーザはふるふると首を左右に振って、ほんの少し感じた寂しさに蓋をする。

今までは、先のことを考えても不安と絶望しかなかったけれど、今は時が経つのが待ち遠しい。

隣国の王女が到着するのは四日後。王女は既に国を発った頃だろう。城内は輪をかけて慌ただしくなってはいるけれど、王女が到着する頃はまだ犬のままであるルイーザにはあまり関係がなかった。

いつもよりも少し人の多い裏庭を意気揚々と歩いていると、犬の聴覚によって、多少離れたところの声にも反応するようになったルイーザの耳が、言い争うような声を拾う。

ぴくりと立ち耳を動かして聞き取ろうとすると、声は裏庭から少し外れたところからのようだった。

『――、いくらなんでも、刺客はやりすぎではありませんか⁉　私はそんな危険な計画に賛同した記憶はありません！』

『なに、少しあのお綺麗な顔に怪我をさせる程度だ。王女歓迎の催しに欠席させる程度でいいのだから、何も殺しはしないさ。――刺客が加減を間違えない保証はできかねるがな』

ぴりりと背筋を針で刺すような緊張が走る。

明らかに、誰かを襲う計画だ。本当であれば、こういった類のやりとりには近づいてはならないとノアや父に言われた――けれど放っておける内容でもない。

片方の声の主は、この頃きな臭い話題の渦中にある、アーデルベルトのものだった。

別に彼らの前に姿を現すつもりはルイーザにもない。

しかし、この内容であれば話を聞いて父に伝える必要がある。そう判断したルイーザは、話が問題なく聞き取れるところまで近づき、番犬の行動範囲ぎりぎりにある生垣に身を潜ませた。

『王女が婚姻前に訪問するのは私としても想定外だ。――あの、男好きの王女のことだ。顔だけの男とはいえ、ヴィクトールを見たら乗り換えたいと言い出しかねん。そうなれば計画はすべて無駄になる。流石に、側室腹とはいえ他国の王女があいつの婚約者になってしまえば、今までのように排除するわけにはいかないからな』

本来であれば、隣国の習わしにのっとり、向こうで婚儀を挙げてからこちらへ輿入れし、再度婚儀を挙げることになる。その前に王女が訪問するというのはアーデルベルトにとっても予想外のことだったようだ。

（どう考えても、燃え上がるような恋に落ちた男の言う台詞ではないわね……）

『しかし！　王太子に刺客を送ったことが露呈すれば――』

『煩い！　どちらにしても私の方が次期王に相応しいのだ！　周りの者たちからもずっとそう言われてきた！　だというのに……！　国の重鎮も、伯父上も伯母上も私を認めない！　――母上すらも、腰抜けの王太子を支えろなどと寝惚けたことを言う！　私の方が相応しいはずなのに、あいつは私が手に入れられない唯一のものを持っている！　おかしいと思わないか⁉』

激情に任せるように、アーデルベルトが吼える。

ルイーザからすると、王の子が次期王になるのは至極当然のことだ。いくら優秀とはいえ、降嫁した王妹の息子が王位を継ぐなど、それこそ王太子に何かがあった時くらいしかありえない。

思わず呆れた表情になるも、次に発された言葉が衝撃的で、ルイーザは彫像のように身を固くした。

『このために、あいつの後ろ盾になりそうな令嬢たちは皆排除してきたのだ！　ヴィクトールの奴も、あの愚かな伯爵令嬢をさっさと選べば良いというのに……！』

（――排除？）

王太子妃候補を辞退した令嬢は、ルイーザだけではない。ルイーザが犬になる前にも後にも辞退した令嬢はいたと聞く。

すぐに辞退を決めた、マイヤー公爵令嬢――王太子の再従兄妹（はとこ）にあたる最有力と言われた令嬢の他にも、ある令嬢は幼馴染との恋を成就させ、ある令嬢は身分違いの恋ゆえに駆け落ちし、またある令嬢は神の道に目覚め神殿に入ったと聞く。

ただ、ルイーザのところに情報が来ていないだけで、辞退した令嬢は他にもいる可能性はある。

『王太子殿下は元々王位を継ぐことに執着しておられません！　もう少し穏便なやり方もあるのではありませんか⁉　このやり方には、バルツァー家として賛同しかねる！』

『ふん。もう遅い。既に刺客は中庭に潜ませた。あいつが休憩のために外に出た時に、すぐに行動する手はずになっている』

バルツァー家。ルイーザの記憶によるとそこそこの歴史を持つ侯爵家だったはずだ。最近は当主が投資に失敗し懐（ふところ）事情が良くないという話も耳にしていたが、そこを突かれて利用されているのだろうか。

ここで言う「あいつ」とは、間違いなくヴィクトールのことだろう。命を取るつもりはない、と言っていた。ここで、ルイーザが取るべき行動はわかっていた。

命の危険さえないのであれば、ここは知らなかった振りをして父とノアにこの情報を渡せばいいだけだ。令嬢と違い、男であるヴィクトールであれば多少顔に傷が残ったとしても、アーデルベルトさえ失脚すれば王位を継ぐ際の疵にはならないはずなのだ。

（こいつが黒幕だということはわかったわ。その情報さえあれば十分よ。ポンコツ王太子が、怪我をしようと関係ない……）

そこまで考えたところで、ふと先ほどのアーデルベルトの言葉を思い出す。

殺す気はない、と口では言いつつも、万が一命に関わるようなことがあったとしてもそれはそれ、といった口ぶりだった。

一つ間違えればヴィクトールが死んでしまうかもしれない、と思い至った瞬間、ルイーザは本能に引っ張られて走り出していた。令嬢の時には全力疾走などというはしたない真似はしたことがないのだけれど、犬の体は驚くほどの速さで駆けられる。

王宮の造りを熟知しているわけではないけれど、何度も出入りをしていたルイーザは、裏庭から中庭への大まかな道筋くらいは把握している。本来の番犬の行動範囲を越えて、王城の中庭に向けて駆け出していた。

何か作戦があったわけではない。ただ、行かなければならないと思ったのだ。

王族が住まう宮を抜けて、執務室のある区域に入る。すれ違う使用人は、ぎょっとした様子でルイーザを見る。普段であれば裏門から王宮の入口までの範囲を出ることがない番犬が城内を駆けているのだから当たり前だ。

しかし、ルイーザにそれを気にする余裕はなかった。

豪奢（ごうしゃ）な柱で飾り立てられた回廊を抜けると、中庭が見える。ちょうど目的の人物——ヴィクトールが中庭に出ていたところだった。

危機を伝えるように、できるだけ大きな声で吠えると、ヴィクトールは金の瞳を丸くして驚愕の表情を浮かべる。

「わん！」

「ショコラ⁉」

ルイーザが声を上げた直後、非常に驚いた表情をしたヴィクトールの後ろ——ガゼボの屋根から、軽い身のこなしで黒い服を纏った男が下り立った。

手には長剣を持っている。もしかしたら、飛び道具のような武器も持っているかもしれない。

一刻も早く、止めなければ。

駆ける勢いを殺さずにヴィクトールの横を通り過ぎると、男が長剣を握る右肩に噛みついた。

「クソ！　なんだこの犬は！」

「グルルルル」

噛みついた傷口から血が流れ込んで、ルイーザの口の中に鉄の匂いが充満する。

犬になってから、地に置いた器から食事を取ることは受け入れたし、物を咥えることにも慣れた。

しかし、なんとなく人を舐めたり甘噛みしたりという行為は、懐いた人物——飼育員や父であっても、人間である部分が抵抗を感じていた。

しかし、今は余計なことを考えている余裕はなかった。抵抗し唸る男の肩に、更に牙をめり込ませる。

（早く逃げなさいよポンコツ王太子……どうせ剣の腕もたいしたことないんでしょう!?　貴方が怪我なんてしたら、寝覚めが悪いのよ）

ルイーザが離したら、男はすぐに任務を遂行するためにヴィクトールに襲いかかるかもしれない。暴れる侵入者を離すまいと、ルイーザは顎に力を入れる。

頼りなくて情けないけれど、優しいヴィクトールがただやられる姿なんて見たくない。

「この……」

男が何かを呟いたと思ったら、ルイーザの腹部が焼き鏝を押し付けられたかのように熱くなる。痛みに耐えていっそ食いちぎってやろうと力を込めた瞬間、顎の下を殴られたことで牙が外れ、ルイーザは弾き飛ばされた。

「ショコラ、ショコラ！　誰か来てくれ！　侵入者だ！　レーヴェ！」

悲痛なヴィクトールの声に呼ばれるように、誰かが中庭に駆け付ける音をルイーザの耳が拾った。怒鳴り合うような声と男の呻き声に、すぐに刺客が取り押さえられたことを知ってルイーザは安堵の息をつく。

どうやら、ルイーザの腹には短剣が刺さっているようだ。毒でも塗ってあるのか、足先が震え頭も痺れるかのように朦朧としてきた。

薄目を開けると泣きそうな表情でヴィクトールが声をかけている。徐々にヴィクトールの声が遠

くなっていくのを感じながら、ルイーザはそっと瞳を閉じた。

「くぅん」

(馬鹿ね。犬は親しい者を守らずにはいられないのよ——)

一声かけた後、馬鹿は自分の方だと内心自嘲する。人間に戻れる目途が立ったというのに、犬の本能に引っ張られてしまった。

もう、何の音も聞こえないし、痛みも薄れてきた。

暗闇に包まれた視界の中、どこかルイーザは満足していた。

最期を犬として迎えてしまうけれど、犬であってもルイーザ自身の感情だ。

己の感情のまま行動して、目的を果たせたのだ。幼い頃から目的のために努力を惜しまなかった自分らしいではないか。

何よりも、この優しい男が怪我をせずに済んだのだ。さらに、捉えた刺客によってアーデルベルトの悪事が露呈すれば言うことはない。

両親とノアには悪いことをしたなあと思いながらも、達成感の中でそっと暗闇に身を委ねた。

十五．王太子の決意

部屋の主は落ち着きなく、コツコツと指で机を叩く。いつも柔和な微笑みを湛えている顔も今は深い眉間の皺を刻んでいる。

時間だけが過ぎていき、机に積み重ねられた書類は一向に動く気配がないが、ここにそれを咎める者はいない。

目を閉じると数刻前の光景が嫌でも脳裏を過る。血に濡れた、可愛がっていた犬の姿。

つい先ほどまで勇敢に侵入者に噛みついていたとは思えないほど、弱々しく横たわったショコラ。

犬の言葉がわかるわけではないけれど、その瞳に悲愴感はなく、どちらかというと満足そうにくぅんとひと鳴きすると、ゆっくりと目を閉じた。

レーヴェの部下が拘束した刺客を連れて去っていってもなお、ヴィクトールは犬の名を呼び続けるが、閉じられた瞼はぴくりとも動かない。このまま、横たわったその身体から体温が消えてしまう気がして、ヴィクトールは悲痛な気持ちでショコラの体を抱きしめた。

厚い毛皮の奥にぬくもりが残っていることを確かめるようにゆっくりと体を撫でると、手のひらのふかふかとした感触が徐々に失われていくことに気付く。

違和感に身を離すと、焦げ茶色の毛が溶けるようになくなり、すらりとした白い手足が現れた。大きく尖った三角の耳も、長い鼻先も形を変えて、どこからどう見ても人間の姿になった。

衝撃に固まりかけるも後ろから自身を呼ぶレーヴェの声に我に返り、慌てて覆い隠すように脱いだ上着でその身を包んだ自分を褒めたくなった。

伸びた手足は仕方ないにしても、お陰でレーヴェに彼女の体を晒さずに済んだのだから。

静まり返った執務室に、コンコンと扉を叩く音が響く。このタイミングであれば側近の誰かだろうと当たりをつけて、ヴィクトールは入室の許可を出す。

案の定、近衛(このえ)のなかで一番信頼している男が沈痛な表情で入室してきた。問わなくとも、その顔から事態は進展していないことが窺える。

「状況はどうだ」

「依頼主のことは何も知らない、の一点張りです。些細なことでも聞き出そうとはしているのですが、いまいち要領を得ませんでした」

「まあ、そうだろうね。それなりの身分であれば本人が直接依頼などするはずがない」

王太子執務室のある区域は、私室ほどではないにしても決して無防備な位置ではない。そこに間者を引き入れた者となると、それなりの身分であることは間違いないだろう。ある程度の金と時間をかけたのであれば、容易に依頼主に辿り着けないよう何人かを経ての依頼でもおかしくはない。

ヴィクトールは、深く溜息をついた。

「証拠はなくとも、見当はついているんだけれどね……」

「ですが……そのお方を罪に問うのであれば、それなりの材料が必要です」

ヴィクトールとレーヴェの頭に思い浮かんだのは、王妹が嫁いだグレーデン公爵家の嫡男、アーデルベルトだった。

表向きは公爵家の者として王家に忠誠を誓っているが、瞳の奥の野心は隠れていなかった。王位継承権第二位にある彼は、ヴィクトールさえいなくなれば次期国王となっていたと考えてもおかしくない。

その下にも継承権を持つ者がいないわけではないが、いずれも現在の地位に満足していたり、既に老齢であったりと直系王族を害してまで上に立とうという者はいないのだ。

ヴィクトールにとって、アーデルベルトは血の近い従兄だ。教育が始まる前の幼い頃は、博識で所作も洗練されていた彼を純粋に兄のように慕っていた。教育が進められるにつれ、自分よりも優秀だと比べられたことで劣等感は抱いたが、憎んでいたわけではない。

「せめて、正面から話してくれたのなら私だって……」

「なりません。当人たちがどんなに望んだところで、次期国王は殿下です。間者の話では暗殺までは明確に言われていなかったようですが、害意があったのは明確です」

「わかっているよ。それに、私だけでなく巻き込まれた人のためにもここで情をかけるつもりはない」

自分を守って大怪我を負った大きな焦げ茶色の犬の姿を思い浮かべる。

女性の姿になった彼女を秘密裡に医務室へと運び、現在治療を施しているが、未だに良い報告はない。王に報告した際、大まかに彼女の身に起こった顚末を聞いたが、タイミング的に無関係なことは思えなかった。

ルイーザだけではない。ある時期から、身分の高い令嬢や教養に優れた令嬢——いわばヴィクトールの後ろ盾になりそうな婚約者候補が立て続けに辞退した。令嬢の婚期を考えると、一シーズンでも無駄にはできないのだからなかなか進展しない状況に業を煮やしたのだろうと思っていたが、今考えると不自然にも感じる。

「どちらにしても、今回のことでアーデルベルトは焦っているはずだ。いくら足がつかないようにしても、間者が捕まった以上、事が露呈する可能性は僅かながらでも残るのだから」

もし、自分が努力を怠らず完璧な王太子として立っていたのであれば。

アーデルベルトは変な野心など抱かなかったのではないだろうか。

もう少し、婚約者選定にきちんと向き合っていれば、辞退が続く不自然さにも、もっと早く気付けたのではないだろうか。そうすれば、誰かが訳のわからない陰謀に巻き込まれるのも最小限に抑えられたのではないか、と後悔が押し寄せる。

閉じた瞼の裏には、尻尾を振りながら甘いキャラメルのような色の瞳で、ヴィクトールにおやつをねだる可愛い犬の姿が思い浮かんだ。

目を伏せたまま、親指で眉間の皺を伸ばすようにしながら、ヴィクトールは今後すべきことを考えた。

十六．見慣れた天井

ルイーザがゆっくりと目を開けると、見慣れた天井が飛び込んできた。ぼんやりとした意識の中、体の末端に感覚が戻り自分自身にまだ血が通っていることを確認する。

（――私、助かったのね）

本能に身を任せ、随分と思い切った行動をしてしまった。剣を握ったことすらないような身でありながら、武器を持った刺客に立ち向かうなど、令嬢であった頃のルイーザには考えられない。

顔を横に動かすと、金の瞳を丸くしてヴィクトールがこちらを見ていた。目の下に隈があり、その様子では随分と憔悴（しょうすい）しているようだ。

状況を確認するために身を起こそうとするよりも早く、ヴィクトールがルイーザに纏わりつくように抱きしめてきた。

「ショコラ!!」

「いっ……」

ヴィクトールに抱きしめられた瞬間、じくじくと胴体に痛みが走る。

あの時、短剣で刺されたことを思い出す。

ルイーザが痛みに眉を顰めているというのに、目の前の男はルイーザの――犬の名を連呼していた。

「ショコラ、ああ良かった……ショコラ……」

「……痛いわよポンコツ王太子」

「す、すまない……！」

ルイーザの言葉に、パッとヴィクトールが身を離す。

いつもであれば、この男はこちらが何を言おうともぎゅうぎゅうと抱きしめては毛並みを楽しむように撫でまわしていたはずである。

そこで、ルイーザはようやく違和感に気付く。布団から恐る恐る手を出して顔の前に持ってくると、それは毛に覆われていない人間の手のひらだった。

「……え」

ルイーザは、その手で自らの頬や首元を触って確かめる。手のひらに伝わるのは、ふかふかとした毛の感触――ではなく人間の肌の感触だった。

意識して周りを見ると、かつて見慣れた風景――伯爵邸にある、自室のベッドにナイトドレスで横たわっていることに気が付く。

――元に戻っている。

歓喜に震えると同時にじわりと冷や汗が流れた。何を言ってもわふわふと言葉にならない犬の声帯のつもりで、とんでもない発言をしなかっただろうか。

ルイーザの気が確かであるならば、目の前にいる男はこの国の王太子殿下である。

ルイーザはさっと顔を青ざめさせて、慌てて身を起こした。

「も、申し訳ございません、王太子殿……痛っ」

「ああ、無理はしなくていい。君は大怪我をしていたんだ」

半身を起こしたものの走る脇腹の痛みに顔をしかめたルイーザの背に、ヴィクトールは支えるようにして手を添えた。

あの時に負った傷は結構深いのか、じっとしていてもじんじんと痺れるような痛みが続く。しかしルイーザは痛みよりまず謝罪を優先しなければならなかった。

「朦朧としておりまして、とんだご無礼を……」

「いや、休憩のたびに弱音を吐く私を見ていたらそう言いたくなるのもわかる……くっ」

ルイーザが下げていた頭を上げると、ヴィクトールは拳で口を押さえながら堪え切れないという風に笑っていた。無礼打ちをされてもおかしくない発言をしたというのに、憤りもせずに笑うヴィクトールにルイーザは首を傾げる。

「すまない……。ショコラは可愛らしい顔で意外と辛辣なことを考えていたのだと思うと、なんだか可笑しくて」

「……申し訳ございません」

ルイーザはだらだらと冷や汗を流し謝罪人形と化すほかない。

ポンコツ王太子とつい先ほど言葉にした以上、何を言っても言い訳にしかならないだろう。もっとも、犬の時も実際辛辣な言葉を吐いていたのだけれど。

身を小さくして反省しながらも、ルイーザは今の状況を分析する。

脇腹の痛みは、あれが夢でなかったことを証明している。そして自室にいて今は人間であるということは、確かに犬ではなく令嬢に戻っているはずだ。

何故、ヴィクトールは自分を『ショコラ』だと知っているのだろうか。ルイーザが疑問を口にするよりも前に、ヴィクトールが説明を始めた。

「大体の事情は、父と伯爵から聞いている。君がショコラだったんだよね」

「はい……ただ、解呪には薬が必要なはずだったのですが……」

ノアは、薬の材料を輸入する目途が立ったとは言っていた。

しかし、ルイーザはもちろん薬を飲んだ覚えなどない。また、材料が到着するのはまだ先のはずだった。しかし、今のルイーザは犬ではなく何故か人間の姿に戻っている。

「詳しくは、後ほど魔術師から聞いた方がいいと思う。その……君は私の目の前で人間に戻ったんだ。怪我をしたショコラが意識を失ったと思ったら、その……徐々に体に変化が現れて……」

急に勢いをなくしてもごもごと言い淀むヴィクトールを見て、ルイーザは何が起こったのか察してしまう。

犬であったルイーザは、普通の番犬の振りをしながら過ごしていた。つまり、一部の愛玩犬とは違い服などは当然着ていなかったのだ。

ヴィクトールにとっては、完全なる不可抗力であったことはもちろんわかっている。

しかし年頃の女性としてその状況を思い浮かべると居たたまれなくなり、無意識のうちに身を隠すように上掛けを引き寄せてしまう。

「君は大怪我をして血を流していたし、断じて邪な気は起こしていない！　それに、変化に気付いてすぐに私の上着をかけたから、少ししか見ていない！」

そこは、たとえ何か見ても何も見なかったと言うべきところではないだろうか。

正直すぎる王太子にルイーザは思わず目を眇めたが、ヴィクトールはさっと目を逸らすと誤魔化すように咳ばらいをする。

「その……言いづらいが、私を守ったために君は怪我を負ってしまった。辛うじて内臓は損傷していないらしいが、傷は残るそうなんだ」

「そうですか……」

未だ痛む脇腹に手を当てる。

あの時は必死で何も考えられなかったが、確かに刺されたのだ。傷が残るのも無理はないだろう。それでも、一度は死んだと思ったのだから、こうして生きているだけでもありがたい。

「令嬢の肌に傷があると、嫁ぐ時に支障が出る。幸い、まだ私は妃を決めていない。……だから、責任を取らせてほしい」

ヴィクトールの提案に、ルイーザは思わず息を呑む。

ここで言う責任、というのは言うまでもなく婚姻についてのことだろう。

あんなに望んでいた王妃の座。以前のルイーザであれば間違いなく飛びついただろう提案に、はいとは答えられなかった。

あまりにもムードがないからでも、愛が感じられないからでもない。——まあ思うところはあるけれど。

次期王妃になりたかった頃も王太子に惚れていたわけではないものの、将来夫を蔑ろにするつもりはなかったのだ。夫婦になれたのであれば互いに尊重し合い良い関係になりたいと思っていた。

でも、ルイーザは犬としてヴィクトールの本音を聞いてしまったのだ。王太子の座を重荷に感じていることも、ルイーザのような野心を持つ令嬢を良く思っていない——どころか怖いと思っていることも、愛し愛される結婚を望んでいることも。

次期王という立場に悩む彼を慰め、癒し支えることが自分にできるのだろうか。

また、自分に苦手意識を抱いている彼が本当の意味で心を開いてくれるのだろうか。

犬だった頃に不本意ながら懐いてしまっただけあって、ルイーザはヴィクトールが情けないけれど良い人であることは知っている。

彼の素顔を知ってしまった以上、仮面夫婦前提で婚姻を結ぶことに躊躇(ちゅうちょ)してしまうのだ。このまま結婚すれば、きっと自分もヴィクトールも幸せにはなれない。

良い人であるからこそ、〝優しい女性と穏やかな家庭を築きたい〟といういつか吐露した望みを叶えてほしかった。

ヴィクトールはしきりに王太子の座を譲りたがっていたが、凶行に至ったアーデルベルトに譲ることは、もうできない。

自分が駄目でもいざとなれば従兄が、という道が絶たれてしまった彼は、きっと無責任で頼りない、少々怠け者な自分を卒業するだろう。

そんな彼なら優しい気性の女性と結ばれても、共倒れにはならずに国王としてやっていけるはず。

少し胸が痛むのは、きっと気のせいだ。

——断ろう。

ルイーザは胸の前で手を握り、辞退しようと決意するが、その言葉よりも先にヴィクトールは口を開いた。

「その……責任を取らなければならない理由は傷だけではないんだ。私は、知らなかったとはいえショコラの——」

「ルイーザです」

ヴィクトールの言葉を思わず遮ってから、ルイーザはしまったと自らの口を覆う。

犬の時はどうせ通じないからと、思ったことをすぐに言葉にする習慣がついてしまっていた。目上の者の言葉を遮るなど失礼だと反省するが、ヴィクトールに気にした様子はない。

「その……私はルイーザ嬢の体中を毎回無遠慮に撫でまわしていただろう?」

「言い方！」

ルイーザは思わず叫ぶ。ヴィクトールの言葉に反省の気持ちは見事に霧散した。

失礼な物言いになってしまったと気づいたのは一拍後で、慌てて取り繕うように言い募る。

「どうか、一旦犬と私は無関係のものとしてお考えください。怪我の件も、……触れていた件も、王太子殿下が責任を感じる必要はございません」

「しかし、ショコラの時に取っていた行動は、確かに君の意思によるものなのだろう？　それに、その様子だとショコラだった頃の記憶だってきちんと残っているようだ」

自身の意思ではあるのだけれど、犬の本能に引っ張られての行動でもあるのだ。ルイーザとしては、犬であった時のことはノーカウントにしておかないと色々と困る。全裸で歩き回っていたこともそうだけれど、他にも多少……どころか多々人間らしからぬ行動を取っていたのだ。

「どうか……お忘れください」

頭を下げたルイーザの手に、大きな手が重ねられた。

はっとしたように顔を上げると、ヴィクトールが黄金の瞳でまっすぐルイーザを見つめていた。

「いいや、忘れたくないんだ。私は確かに、君に癒されてきたし、君と過ごす時間はとても大切だったんだ」

舞踏会や茶会で見るような愛想笑いとも、犬に向ける蕩けるような笑みとも違う真剣な表情に、ルイーザは思わず息を呑む。

話の内容こそ犬との触れ合いに他ならないのだが、まるで熱烈なプロポーズを受けていると勘違いしてしまいそうになるほどだった。

「それに……口づけだってしたじゃないか」

先ほどの真剣な表情から一転、ぽ……と頬を染めて視線を逸らすヴィクトールの姿で、一度口づけをされたことを思い出し、ルイーザの顔も熱くなる。

傍から見れば犬とじゃれ合うような口づけでしかないのだが、なんだか居たたまれない雰囲気に包まれてルイーザは上手く頭が回らなくなった。

「ルイーザ‼」

妙な雰囲気を打ち消すように、ノックもなく突然私室の扉が開いたと思ったら、転がり込むように両親が入ってきた。

礼儀に厳しいはずの父は室内の王太子に目もくれないし、いつも身だしなみをきちんとしている母は走ってきたのか髪をほつれさせ、ドレスも踝が見えるほどたくし上げながら駆け寄ってきた。

「ああ……目が覚めたんだな。良かった……本当に良かった」

「騎士様から、部屋でルイーザの声がすると聞いて急いで来たのよ。可愛い私のルイーザ。お顔をよく見せてちょうだい」

父は涙を浮かべルイーザの手を握り、母も同じく涙を浮かべながらルイーザの頬を両手で覆う。

ベッドの傍らにいたヴィクトールは、察して場所を譲ってくれたようだ。

随分と心配をかけてしまったことが両親の様子からわかる。二人を見て、ルイーザも涙が出そうになった。

「お父様、お母様、心配をおかけしました」

「お前が刺されたと聞いて、心臓が止まるかと思ったよ」

「ルイーザ……すっかり痩せてしまって……は、いないみたいね……むしろ肌も髪も艶が良いような……ええ、ルイーザ、元気そうで良かったわ……」

「お、おかげさまで……」

脇腹に怪我をしているので元気ではないのだけれど、犬生活の間は質の良い食事を取り、よく眠り体を動かし、更には換毛期のために毎朝夕丹念なブラッシングを受けていた。

四六時中授業を受けたり本を読んだりしていた令嬢の頃より健康的な生活であったのだから、そう見えても仕方がない。

顔を引きつらせたルイーザに気が付いた父が、慌てて話を変えた。

「ル、ルイーザ。お前は二日間意識が戻らなかったのだ。ヴィクトール王太子殿下がすぐに医務室に連れていってくださらなかったら、間違いなく命を失っていたらしい。ヴィクトール王太子殿下……なんとお礼申し上げて良いか……」

「伯爵、頭を上げてくれ。元の原因は私にある。逆に私の方が、ルイーザ嬢に礼をしなければならないのだ」

「……ところで、私は覚えていないのですけれど、あの刺客は無事捕まったのでしょうか？」

「ああ。すぐにレーヴェ……私の騎士が駆け付け取り押さえた。今は牢に入っている。……ただ、依頼主の方なのだが……刺客からは何の情報も得られず、状況からしてアーデルベルトが疑わしいとは思うものの、確証が得られず秘密裡に見張りをつけることしかできていない。アーデルベルトも、自分が疑われていることくらいわかっているのか、今のところ不審な動きはしていないし、このまま証拠が入手できなければ、ほとぼりが冷める頃にはなかったことになってしまうだろう」

ルイーザは犬として話を聞いていたので刺客の証言……アーデルベルトが依頼主であることは知

っている。しかし、どちらにしてもルイーザの証言では証拠にはならない。

黒幕の男――アーデルベルト本人の言葉によると、ヴィクトールに刺客を送り込んだだけでなくルイーザを含む数人の令嬢を王太子妃候補の座から引きずり下ろしたのだ。できることならば、その分の償いもしてもらいたい。

しかし、あと一歩及ばぬ状況に悔しくなってルイーザは下唇を噛む。

「そんな表情をしないでおくれ、ルイーザ嬢。私個人としてはアーデルベルトのことは嫌いではなかったし、優秀なあいつに王位を譲っても良いと思っていたけれど……このような事態を引き起こした以上は必ず、罪を償わせよう」

「私の方でも、現在調査中だ。この件は、陛下も重く捉えておられる」

「でも……証拠はまだ、出てきていないのですよね。私は犬として話を聞いたので確信していますが――」

当時の記憶を辿りながら、ルイーザはあることに気が付いて目を見開いた。

アーデルベルトが計画を吐き出していたあの時、アーデルベルトには相手がいた。人目を避けるように密会していたが、相手の男は確かに名乗っていたはずだ。

「――バルツァー家！　アーデルベルト様はバルツァー侯爵家の者にヴィクトール王太子殿下に刺客を送った旨を話しておりました！　その時に話を聞いたから、私は殿下のもとへ駆け出したのです」

ルイーザの言葉を聞いて、ヴィクトールと父は同時に身を乗り出した。

「本当かルイーザ！　協力者の証言が得られれば、状況は打破できるかもしれない」

「はい。姿は見ておりませんが、声は若かったので当主ではなくご子息だと思います。彼は、刺客を送った件はやりすぎだとアーデルベルト様に苦言を呈していました」

「そうか……！　そこから攻めれば、何か得られるかもしれない。すぐに接触させよう」

十七.人間に戻れた理由

ルイーザを刺した短剣には、少量の痺れ毒が塗られていたらしく、目を覚ましてからも暫くベッドの住人だった。

あれからはや半月。研究棟から届けられる魔術師が調合した薬の効果が高いのか、まだ脇腹の傷は完全に塞がったわけではないものの、日常的な動作には不自由しなくなった。

父は、まだ暫くは自室で養生した方が良いと難色を示していたが、早めにノアに話を聞きたかったルイーザは付き添いをつけて登城していた。

ノアとの約束の時間まで、まだ余裕がある。

研究塔に行く前に、裏門からほど近い所にある犬舎に来ていた。犬舎前を掃除している飼育員を見かけた時は、思わず駆け寄ろうとしてしまったが、腹部の痛みと共に自分が既に人間であることを思い出して踏み留まった。

なんとなく、犬たちの休憩所にルイーザは足を向ける。いつもは犬として活用していた場所に、人間として立ち寄るなんて不思議な気持ちだ。もちろん、犬になる前はここに近づいたことすらない。

芝生を踏む感触も、広い裏庭に植えられた木も、当然当時のまま。違うことといえば、少し季節が進み木々の葉が落ちてきたことだろうか。

休憩所にたどり着くと、意外……ではない先客がいた。

「ルイーザ嬢」

「ヴィクトール王太子殿下、ご機嫌麗しゅう」

ヴィクトールの姿を認めたルイーザは、淑女の礼をとる。

目覚めてから初めての外出のため、令嬢として礼をとるのは非常に久しぶりであったのだけれど、幼い頃から学んできた作法は身に染み付いていた。

「ここにいるということは、これから魔術師のもとへ？」

「はい。少し時間があるので、久しぶりに立ち寄ってみました」

ヴィクトールに撫でられていた犬が、すくっと立ち上がるとルイーザに近寄ってきた。

同室の犬ではなく、黒くてひときわ立派な体格をした、番犬たちのリーダー的存在の雄犬だったけれど、もちろん犬時代に面識がある。ルイーザは覚えているが、犬の方は自分のことを覚えているのだろうか。

なんとなく屈んで手を差し出すと、犬はペロリとルイーザの手を舐めた。

愛想の良い対応に嬉しくなったルイーザは、ふかふかと冬毛に覆われた黒い毛をゆっくり撫でる。

かつて犬だった自分が人間の手のひらでこの毛並みを撫でるのはなんだか不思議な気分だった。

「すごいな。ここの犬が飼育員以外に自分から近寄るのを初めて見た。……ああ、ショコラ以外で」

「……殿下、ショコラのことはどうかお忘れください」

ヴィクトールに悪気はないのだろうけれど、番犬としてはいまいちだったルイーザは少々気まずい気持ちで目を逸らす。立派な番犬を目指していたわけではなかったけれど、今思い返すと他の犬よりも呑気すぎる振る舞いだった。

暫く雄犬を撫でていると、どこかに隠れていたらしいマリーもルイーザのもとへ近づいてきた。ヴィクトールが訪れる時は必ず消える彼女にしては珍しい。相変わらず、艶やかな毛並みと金色に輝く瞳の美人犬だ。

「マリー。貴女にはたくさんお世話になったわね」

彼女は同室の姉貴分だったこともあって、マリーとは確かな絆を感じていた。近寄ってきてくれたことが嬉しくなったルイーザが両手で撫でると、彼女は嬉しそうに目を細めてすりすりとルイーザの手に頬を寄せてきた。

「その子はいつも触ると嫌そうな顔をするのに……！」

ヴィクトールは驚き……と少々悔しそうな表情で呟いた。

ヴィクトールがさりげなくマリーを撫でようとすると、さっと避けてルイーザを盾にするように後ろに回り込む。あからさまな態度に、ルイーザは笑うに笑えなかった。犬にとっては身分なんて関係ないのだ。

マリーに逃げられ行き場のなくなった手をさりげなく引っ込めたヴィクトールは、咳払いをしてからルイーザに向き直った。

「ルイーザ嬢、手紙にも書いたが、君は王家の事情に巻き込まれてしまった被害者だ。これ以上、君を危険に晒すわけにはいかない」

先ほどとは打って変わって、真剣な状況でヴィクトールは言い募る。

「確かに、アーデルベルト様の行動は王位継承を狙ってのものかと思います。しかし、私がああなった理由は、私の予想が正しければ私自身への私怨も含まれていると考えています。ですから、全くの無関係というわけではございません」

ルイーザが犬になったことを知っていたメリナ・ノイマン伯爵令嬢。

彼女からは、デビューした頃から顔を合わせるたびに穏やかでない視線を感じていた。

同じ家格で同い年の娘、互いに王太子の婚約者候補ということで、多少意識される程度ならばわからなくはない。

しかし、それ以上の強い何かがあったことは間違いない。元々、ルイーザのことを良く思わない令嬢も少なくはなかったので、当時はそこまで気にしていなかったのだが、今思うと気に入らない——どころか憎しみにも近い感情を抱く何かがあったのだろう。

このルイーザの予想が当たっていた場合、メリナは間違いなく罪を背負うことになる。当然、王太子妃候補からは外れるはずだ。

メリナに対する罪悪感は欠片も持っていないけれど、最近までヴィクトールの中で彼女が最有力候補だったことは知っている。ヴィクトールの気持ちを思うと、複雑な心境だった。

「仮に私の予想が当たっていたら……殿下には辛い結果になるかと思います」

「何故？　私は許されざることをした者にはしかるべき対処をすべきだと思っているよ」

「ですが、ヴィクトール王太子殿下は彼女を好ましく思っていらっしゃったでしょう？」

「ああ……優し気な令嬢だとは思っていたが、犬舎に連れていった後に候補から外している」

「唯一犬に触れる令嬢だったというのに……ですか？」

ヴィクトールが犬舎に連れてきた令嬢が皆大型犬に怯えていた中で、メリナだけは恐怖心を見せなかった。逞しい大型犬であったルイーザのことも、平気で撫でたのだ。てっきり、有力候補のまだと思っていた。

「メリナ嬢がショコラを撫でた瞬間、毛を逆立てて怯えただろう？　それを見て、すぐに外したよ。人に撫でられるのが好きな君があんなに怯えるのは普通じゃないと思ったから」

ルイーザは、些細な変化に気付いてもらって嬉しいような、有力候補の令嬢より犬を優先したことに呆れたような、複雑な気持ちになった。

「これから研究塔だろう？　私も同行しても良いだろうか。一応は当事者だから、直接話を聞きたい」

「私は構いませんが……休憩時間はもう終わるのではありませんか？」

「事情が事情だから問題ないさ」

ちらりとヴィクトールの近くに立つ騎士レーヴェに視線を送る。彼の眉間には深い皺が刻まれているが、渋々といった様子で頷いた。

言ったところでヴィクトールが曲げないことを、常に傍にいる騎士はわかっているのだろう。

＊＊＊＊＊

「やあ、よく来たね……と、王太子殿下。ようこそいらっしゃいました」

ルイーザが研究室の扉を開けると、ノアはヴィクトールの同行が意外だったのか慌てて立ち上がって挨拶をした。

魔道具や薬品に囲まれたこの研究室を訪れるのも、随分と久しぶりな気がする。犬であった頃は数日おきに入っていたというのに不思議な感覚だ。

ルイーザとヴィクトールをソファに座らせたノアは、手ずから客人に出す用の紅茶を淹れている。研究棟にも使用人は出入りしていて、頼めば来客時に紅茶を淹れてくれる。

ただし、魔術師の中には必要以上に研究室に人が出入りするのを忌避して全て自分で済ませてしまう者もいる。ノアはそのタイプのようで、顔を出すたびに手ずから紅茶を淹れるのだ。

「ルイーザ嬢、もう大丈夫なのかい？　僕から伯爵邸に行っても良かったのに」

「ええ、あれ以上じっとしていたら体が固まってしまいそうだから」

紅茶をテーブルに置いたノアが対面の椅子に腰をかけた後に口を開いた。

「ノア、色々とありがとう」

「いいや、僕は結局何もできなかったよ。薬も間に合わなかったし」

「ノアがいてくれなかったら正気を保てなかったわ」

もう一度ルイーザが頭を下げると、魔術師は少し照れたように笑った。

「それで、人間に戻った理由だっけ？　僕が直接診察したわけではないから予測になるけれどいいかな？」

「ええ、その前に一ついいかしら。私、もう紅茶を飲めるのよ」

ヴィクトールとノアの前に紅茶が置かれ、ルイーザの目の前には犬だった頃のように木のボウルに入った水が置かれていた。

「あっ、本当だ。ごめん、ついつい」

ノアは悪びれた様子もなく、はははと笑ってもう一組のカップとソーサーを取り出し紅茶を注ぐ。

しかしルイーザが思わず憮然とした表情になってしまうのも仕方がないだろう。

「ええと、人間に戻った理由ね。解呪には解呪薬が必要と言ったけれど、万が一死んでしまった場合、人間の遺体に戻る可能性があると言ったことは覚えている？」

「ええ……覚えているけれど、私は死んでいないわ」

犬の姿でどこかに連れ去られ、殺されてしまった場合は令嬢の姿のまま、一糸まとわぬ遺体となってしまう可能性があるとは確かに聞いていた。

それでも、ルイーザは確かに生きている。刺されて暫くは生死の境を彷徨（さまよ）ったとは聞いているけれど、目を覚ましてからは特に変調もなく過ごしているはずだ。

「実は原因を特定した直後、君を仮死状態にしてから蘇生する方法も一度選択肢に挙がったんだ。仮死とはいえ失敗すると後遺症が残る可能性もあるし、確実に成功するとは言えない危険な賭けだったから試さなかったけれどね」

ノアの言葉を聞いて、提案されなくて良かったとルイーザは心から安堵した。

切羽詰まった時であったら、たとえ危険だと言われても、僅かでも可能性があるのならばとお願いしていただろう。

「君は当初出血がひどかったみたいだし、ショック状態で心臓が一瞬止まったのではないかと思う」

「なんだそれは！　大丈夫なのか⁉」

ノアの言葉に、ルイーザよりも早くヴィクトールが反応して叫ぶように身を乗り出す。

衝撃的な事実ではあるのだけれどあまりの剣幕に、それこそ一瞬心臓が止まるかと思うほど驚いた。ノアも若干引き気味である。

「いや、今普通にしているから大丈夫だと思います。幸いというか短剣に塗られた麻痺毒のおかげで結果的に痛みが緩和されたことも大きいでしょう。……ルイーザ嬢、体の調子に違和感は？」

「ええ、大丈夫です」

ルイーザが頷いたのを確認すると、ヴィクトールは安堵の息を漏らして前のめりになっていた姿勢を元に戻す。

「特に手足の痺れとかもなさそうだし、言語も普通だから問題はないと思います。後は……呪薬の後遺症の話なんだけど――」

「……後遺症があるの？」

後遺症については、初耳だ。例えば、何かの要因でまた犬に戻るなどということであれば今後の生活にも関わってくる。

「犬になっていた時に人間の自我が残っていたように、人間になった今も犬の頃の思考が少し残る可能性がある。もちろん、暫くすれば体の方に精神が馴染むだろうから、そう心配はないかな」

「犬の頃の思考……」

「例えば、好物が変わったりとか、ボールを追いかけたくなったりとか。人間の理性の方が勝るとは思うけれど……僕としては、社交界に戻るのは少し遅らせることをお勧めするよ。ルイーザ嬢はほら……少し犬らしい犬だったから」

「ショコラ……」

少し犬らしい犬、というが、ノアは何も濁せていないし、犬の名を呼んで謎の期待に満ちた目で見つめてくるヴィクトールにちょっと物申したい気持ちになった。この男、若干のペットロスならぬショコラロスに陥っている節がある。

「心配しなくても、まあ家で生活する分には支障がない範囲だろうし、来年のシーズンまでにはすっかり後遺症も収まっていると思うよ」

「そう……と言いたいところだけれど、実は今年のうちに社交界で少しだけやりたいことがあるの」

「まあ、理性で抑えられないことはないだろうし、無理にとは言わないけれど……。結構忍耐との闘いにはなると思うよ」

声色から、本当に心配していることがわかる。ノア自身は下級貴族に生まれ、あまり社交界に明るくないと言っているが、ほんの少しの粗相が命取りになることくらいは知っているのだろう。

ルイーザは、心配いらないと笑顔で答えた。

「ええ、もちろん、変にぼろが出てもいけないし、必要最低限に留めるわ。それよりも……ノアにも協力してほしいことがあるの」

十八．閑話

――ルイーザ・ローリング伯爵令嬢が、領地から戻ってきた。

その情報は、すぐにメリナの耳に届いた。

王太子の婚約者をすぐに決める予定の今年。一旦王都から下がり辞退したはずの者が復帰したということで、それなりに人々の話題になったのだ。

現在は、夜会には出ずに昼間に開催されるお茶会などに出る程度らしいが、顔色も良く、特に不健康な様子でもないという話だ。

(なんでよ。確かにあの犬は、ルイーザだったはずじゃない)

犬になったルイーザは、明らかにメリナに動揺しているように見えた。人慣れしていない愛玩犬ならばともかく、よく躾けられた番犬が、こちらが威嚇したわけでもないのにあんなにも怯えるのは不自然だ。

お茶会から帰る馬車の中で、ぎりりと奥歯を噛みしめる。

今日も、話題はルイーザのことばかりだった。

ルイーザが婚約者候補を辞退してから、メリナ側についた令嬢は多かった。いざ結婚して王妃となった時に、以前から王妃と親しい仲だったのだと主張するために、婚約者候補に上っていない者たちは各々で予測を立てて、より可能性が高そうな者に擦り寄るのだ。

見え透いた媚に白けた気持ちにはなるが、わかっていながら受け入れるのが貴族なのだと教えられた。

それも、ルイーザの復帰によって状況が変わる可能性がある。

ひときわ美しい令嬢や、高位貴族の令嬢など、有力と言われた候補たちのうち何人かは現在候補から辞退している。元々、形式上一時的に婚約者候補に上っただけで、内々では別の嫁ぎ先が決まっていた者や、どうしても今年中に結婚を決めたい適齢期ぎりぎりの年齢ゆえに辞退した者もいるだろう。

しかし、それだけではない。少なくとも何人かが、ある男の策によって辞退をしているのだ。

＊＊＊＊＊

「薬を飲ませたのではなかったのか？　ルイーザ・ローリング伯爵令嬢が戻っているではないか」

貴公子の仮面を脱ぎ捨て、冷たい声色で目の前の男が言う。

両親の留守中、宝石商を装ってノイマン家に訪れたのは、この国の公爵家嫡男であるアーデルベルト・グレーデンだ。

商人の身なりをしているくせに傲慢な身振りするためとても平民には見えないが、使用人にアーデルベルトの顔をきちんと見たことがある者はいないため、髪と目の色さえ変えてしまえばバレることはない。

「いいえ、確かに成功したと思ったのです。たしかに王宮の犬舎に、犬になったルイーザがいたのですから」

そう主張すると、アーデルベルトはさっと顔色を変える。何かまずいことでもあったのかとメリナは首を傾げた。

「犬舎に？　それは、どういうことだ！」

「ですから、王宮の犬舎にルイーザ・ローリングと思われる犬が……」

「お前は最初に呪薬の副作用で領地に下がったと言っていたではないか!!」

詰(なじ)るような物言いに、むっと眉を寄せる。

まさか薬の効果が正常に出ているとは最近まで思っていなかったのだ。ただ、一時的とはいえ下がらせたのは事実であるのに、ここで責められる理由がわからない。

「私がルイーザの存在に気が付いたのは、ほんの数日前です。ヴィクトール様に、犬を紹介していただきましたの。それで、てっきり夜会で犬になった後、室内に紛れ込んだ番犬と間違われて飼われたのだと解釈しておりました。それまでは単純に不審な薬によって体を壊したものとばかり」

「希望的観測ばかりではないか！　大体、そうであればわかった時に報告くらいしろ!!　どうしてくれる、もしかしたら……。全く使えん奴だ」

高圧的な物言いがどこか父を彷彿とさせて、胃が重くなる感覚がした。

互いに、ルイーザを王太子の婚約者候補から下ろしたいということでたまたま利害が一致したが、メリナの最終目的とアーデルベルトのそれは、相容れないところにある。

メリナの目的は、王家と縁を繋ぐこと。もちろん、伯爵である父のためにではなく、むしろ逆だ。王妃になれば、メリナのことを駒としか思わず傲慢な態度を隠しもしなかった父よりも立場が上になる。自身の立場を守るためにも実家の没落などは望まないけれど、ノイマン家を優遇するつもりもそれ以上父に従うつもりもない。

所詮自己満足ではあるけれど、駒だと思っていた娘が思い通りにいかなくなったことに気が付いた父の顔を見るのを楽しみにしているのだ。

だからこそ、父には内密に胡散臭い男と手を組んだ。

胡散臭い男――アーデルベルトの目的は、わかりやすく言えば政権を握ること。あえて王太子に政治力の強くない伴侶を持たせ、発言力を削(そ)いだ上で自身は良い血筋の妻を娶りヴィクトールを傀儡(かいらい)の王として自身が陰の支配者になる――とメリナは聞いているが、野心的で自己顕示欲が強い男のことだ。それで満足することはないだろう。

互いに表向きは承知した振りをしているが、ルイーザの件が片付いたら次は牽制し合うことになるはずだ。

メリナだって無策でいるわけではない。ルイーザに使った薬は、メリナ自身が入手できる代物ではないのだ。メリナが使ったという証拠もどこにもない。

更に、メリナが手を下していない件でも、この男は王太子妃候補の令嬢を何人か追い落としている。王太子と無事結ばれた後に、上手く自身の行いを伏せつつアーデルベルトの目的を伝え、王太子と協力すれば彼に全ての罪を押し付けることは十分に可能なはずだ。

二人の間にあるのは、あくまでもそんな一時的な協定。当然信頼しているわけがなく、好ましく思っているわけでもない。何故、こんな男に自分が蔑まれなくてはいけないのかと、水に墨を落としたようなもやもやとした気持ちになる。

「こちらからの連絡手段などないではありませんか。私は、あくまでも指示に従っただけ。確かに、社交界復帰は誤算ですが、何故犬になっていたことがそこまで重要なのですか？」

「王宮の裏は、限られた者しか入れない。特に裏門付近は人通りが少ない。何度か、そこで打ち合わせをしているのだ。もしそれがルイーザ・ローリングに聞かれていたとしたら……」

裏門付近といえば、それこそ番犬の行動範囲だ。灯台下暗し（もと）とはいいえ、国の中枢付近でそんな話をする迂闊（うかつ）さにメリナは目を瞠（みは）る。

「……ルイーザに限らず誰が聞いているかわからないではありませんか。何故そんなことを……」

「裏門周りに近づくのは大して学のない使用人だけだ！　異国の言葉でも使っていれば伝わるはずがないのだ。……本来であればな‼」

アーデルベルトが吐き捨てるように言う。

ルイーザが語学に明るいというのは、何度か耳にしたことがある。どれほどのものか、何か国語話せるかなどは知らないが、友好国から来た王女と通訳を介さずに歓談していたという話は有名だ。

アーデルベルトの密談を、ルイーザが耳にしていたとしたら。そして、何らかの出来事のあとに人間に戻れたのだとしたら、既に王家の耳に入っているはずだ。

「私のもとには、王家からの事情聴取のようなものも探りのようなものも入っておりません。アーデルベルト様は？」

「……僕のところにも今のところは音沙汰なしだ。先日は手配した間者が捕らわれたが、依頼主は割れないよう対策を取っているから、そこから知られることもほぼないと考えて良いだろう」

それから暫く、沈黙が下りた。

メリナも顎に手を添え、考える。

ルイーザがアーデルベルトの思惑を知っていたとしたら——それだけでなく、ルイーザはメリナが薬を盛ったことにも気が付いているはずだ。

それなのに、未だに何のアクションもないのは何故だろうか。本来であれば、すぐさま拘束されても可笑しくないほどの罪を犯した自覚はある。

室内を重い空気が支配している中、アーデルベルトが連れてきた人間がおずおずと口を開く。

商人の従僕の振りをしているが、何度か打ち合わせに同席しているためメリナとも面識がある。彼も実は貴族の身分の者だ。事態の重さに慄いているのか、先ほどから若干顔色が悪い。元々口数の多い男ではなかったけれど、今日は一段と静かだった。

「犬になっていただなんて荒唐無稽な話……主張できなかったのではないでしょうか。第一、王家の知るところであれば、一時的にでも獣になっていたような娘が再び婚約者候補に名を連ねるとは思えません」

「それこそ、希望的観測ではありませんか？」

「本当に、メリナの主張——犬になっていたというのが正しいのであれば、少なくとも伯爵は知っている可能性が高い。領地に戻したことにしたのは、突然娘が消えたのは単純な失踪と思い醜聞を隠すためとも考えられるが、今はもう彼女は戻っているのだからな。空白期間に何があったかくらいは本人から聞いているはずだ。その気配がないなら王家に伝わってないと思っていいだろう。……もっとも、メリナの気のせいだという説が一番有力だろうがな。犬が言葉を話したわけではないのだろう？　何を思ってルイーザ・ローリングと判断したのか気になるほどだ」

「確かに、瞳の色も毛の色もルイーザと同じでした。それに、私を見て明らかに様子がおかしく……」

「すべて勘だろう？　大体、あの犬種で焦げ茶色の犬なんて珍しくもない。王宮にだって何匹か焦げ茶がいたはずだ。あの薬は、筋肉や骨に影響する成分が含まれていたから、この国では特定できない異国の珍しい毒薬で体調でも崩せばと思って選んだに過ぎない。動物に変化するという効果自体は、事例も見つからなかったし眉唾ものだ。最初に話を聞いた時には理にかなっていると思ったが、実際のところは確信できるほどの証拠がないではないか。今は、不確定な疑念でリスクを恐れて足踏みをするより、ここで畳みかけるように動くべきだ」

　本当に、自分の気のせいなのだろうか？　あまりにも強く主張されて己の考えがまるで気のせいだったかのようにも思えてくる。

　しかし、確かに犬の様子はおかしかったのだ。勘と言われてしまえばそれまでだけれど、ざわざわと不安が胸に広がる。

「思うのですが……どちらにしても、ルイーザ・ローリングが婚約者候補のままでは振り出しです。私の親戚伝手で彼女をお茶会に呼び出し、再び候補から下りるよう薬を盛れば良いのではないでしょうか？　万が一伯爵によって隠されたとしても、時を置かず二度も病によって領地に戻ったとなれば王家に嫁ぐには不適格とされるかと思います」

従僕のような男の言葉に、アーデルベルトも頷くが、メリナはどこか納得がいかない。再びルイーザを陥れるとしても、その役は誰が担うというのだ。

「また、私に手を汚せと仰るのですか？」

「何を言うメリナ。元々は、お前がその担当だっただろう。ルイーザ・ローリングに思うところがあると言っていたではないか。自分の手で引きずり下ろすチャンスを用意してやっていることに、逆に感謝してほしいくらいだ」

確かに、ルイーザに対しては並々ならぬ感情があるのは事実だ。

アーデルベルトの主張は非常に理不尽なものであるのは確かだが、ここで逆らうことにメリットはない。彼の身分であれば、全ての罪をメリナにかぶせることも可能なのだ。

どうするべきか暫く思索していると、アーデルベルトの従者が口を開く。

「一つ、私から提案があります。縁戚の子爵家で、近日お茶会の予定があるのです。そこにメリナ嬢も参加すれば……。その場で何かあったとしても、疑われるとしたら子爵家でしょう。メリナ嬢に疑いの目がいくこともない。何より、一番煩わしい者が何も言えなくなるのは、お互いにとって利になります」

そう、上手くいくのだろうか。アーデルベルトに至っては、ルイーザが犬になったこともあまり信じていないようだけれど、メリナは自分の勘を信じている。

（もし、本当にルイーザが犬になっていたとしたら。私が関わっているのは確信しているはずだわ。彼女が、誰に打ち明けたのかはわからない。……伯爵どころか、既に王家に話が行っているのかも）

どちらにしても、自分の行き着く未来が暗いものであるならば。

――せめて彼女の未来も暗いものに。

メリナは、にんまりと笑みを作って、その提案を承諾した。

十九．復帰

時は遡り、傷が完全に癒えた頃、ルイーザは再び社交を開始した。

一度体調不良によって領地に戻ったことになっていたが、少々風邪を拗らせただけで早々に快復したので再び王都に戻った、ということになっている。

一つのシーズン中に何らかの理由で領地に戻ったり、または遅れて王都入りをしたりという事例が他に全くないわけではない。ルイーザの復帰も当初こそ話題になったものの、特に詮索されるわけでもなく受け入れられた。

（それにしても、あの時のメリナ嬢の顔は見物だったわね。まるで亡霊でも見たかのようだわ）

いくつか届いたお茶会などの招待状を自室で眺めながら、ルイーザは内心でほくそ笑む。

一時的に戦線離脱していたものの、今は再び王太子の婚約者候補になった。そんなルイーザが選ばれた時のために今のうちからつながりを作りたいと考える者は少なくない。

先日、そういった思惑からルイーザを招待したある家のお茶会で、同じように招待されていたメリナと顔を合わせたのだ。エメラルドのような瞳を大きく見開いて、その顔を驚愕に染めていた。

犬になっていたことも、人間に戻ったことも大怪我を負ったことも全て隠されていたのだから、メリナが知らないのも当然なのだけれど。

メリナはすぐに表情を取り繕ったが、ルイーザには抱いている焦りが伝わるようだった。

あれから数日、今のところ表立っての接触は特にない。

しかし、メリナは大いに焦っていることだろう。彼女は既に犬だったルイーザに自白をしたようなものだ。今のところ明確な証拠はないとはいえ、関わっていることが確信できた以上何かしらの糸口を摑むことはできるはずだとルイーザは考えている。

机の上に置かれた、一通の茶会の招待状。

アーデルベルトの傍に侍(はべ)っていたバルツァー家と親戚関係にある子爵家からのものだ。

ルイーザが目覚めた日からすぐ、ヴィクトールはバルツァー家の当主と嫡男に秘密裡に接触した。

減刑と引き換えに、協力を要請したのだ。全くの無罪というわけにはいかないが、相手にしてみれば、下手をしたら王位簒奪の片棒を担いだとして一族郎党まで罪に問われる可能性もあったため、大きな抵抗もなく承諾した。

もちろん、今回茶会を主催する子爵家もまた、顚末こそ伝えていないもののこちら側の協力者である。

(メリナが、ここで行動に移ってくれれば良いのだけれど)

ぱちんと軽く己の両頰を叩き、来(きた)る機会に向けて気合いを入れたルイーザは、丁寧な文字で出席の返事を書いた。

＊＊＊＊＊

ルイーザが子爵邸に到着した頃には、招待客の七割程度が集まっていた。

子爵夫人は庭作りが好きだと聞いたことがある。既に秋本番で風も冷たくなっているため、ガーデンパーティというわけにはいかなかったようだが、お茶会の会場となる部屋の大きなテラス窓からは、夫人自慢の庭が一望できた。

赤く色づいた木々が等間隔に植えられ、落ち着いた色合いの秋の花がさわさわと風に揺れていた。もし、裏事情さえなければこの景色をもっと楽しめただろうと思うと、少し残念な気持ちになる。

主催者である子爵夫人との挨拶を簡単に済ませると、同年代の令嬢が集まるテーブルに案内された。

復帰以降、何度か表に出ているためルイーザがこうして社交界に出てくることについて何か言う人はいなくなっている。今回参加した真の目的は他にあるが、暫く社交から離れていたルイーザにとって、社交界で女性たちと話すことは貴重な情報収集になるのだ。

しばらく他の令嬢との会話に興じていると、子爵家の使用人に案内された一人の令嬢……メリナ・ノイマンがルイーザたちのテーブルへやってきた。

柔らかく微笑んで挨拶する姿は、事情さえ知らなければ明るく可愛らしい令嬢だ。ルイーザとメリナが親しくないことを知っている令嬢たちは二人が同じテーブルに案内されると思っていなかったのか、ほんの少し場に緊張感が走る。が、表面上はにこやかに受け入れていた。ルイーザも、同じようににこやかな笑顔で対応した。

「ルイーザ様、しばらく領地へ戻っていたとお聞きしていましたが……体調はもうよろしいのですか？」

「ええ、大事をとって領地に戻っただけなので、今はすっかり元気になりました」

我ながら白々しいと思いながらも、ルイーザは用意された定型文で答える。

「ご自愛くださいましね。貴族に生まれた娘は、健康でなければ義務も果たせませんから」

さも、心配していますという表情で言うメリナにルイーザの眉がぴくりと動く。溜息をつきそうになるのを抑えるためにも、紅茶を一口飲んで心を落ち着かせた。

明るくて優し気なイメージを崩さないまま、的確に嫌味を言えるのはいっそ尊敬に値する。

（つまりは、健康に不安がある女が高貴な者に嫁ぐのはどうかって言いたいのね）

貴族にとって結婚とは、血をつなぐこと。健康に難があるというイメージが付けば、たとえ王太子妃に選ばれなかったとしても嫁ぎ先がぐっと少なくなってしまうのだ。

「実は、ほんの少し風邪を拗らせただけなのです。今年は大切なシーズンですし、早く復帰するために王都で治すことも考えたのですけれど……両親にうつしたくなかったので、念のため領地で静養しておりました」

大切なシーズンというが王太子の婚約者選定期間を指していることは周りの令嬢にも伝わっただろう。これで、利よりも両親の大事を取る優しい娘であるイメージでも付けば万々歳である。

満足気な気持ちで、ティーカップを傾けるとちょうど中身が空になった。

いつの間にか近づいてきた品の良いお仕着せに身を包んだ赤い髪に茶色い瞳の使用人の男が、空になったカップにお茶を淹れる。ルイーザは置かれたカップに角砂糖を一つ落とすと、ティースプーンでゆっくりとかき混ぜた。

（これは当たりね）

思った通りの結果で、ルイーザがくすりと笑みを漏らすと、目の前に座るメリナが不審げに眉を寄せた。

ルイーザはメリナの表情に気付かない振りをしながら、隣の令嬢に紅茶を注ぎ足した侍女にちらりと視線を送る。

さりげない仕草で侍女が己の腕に触れるのは「了解」の合図だ。すぐに、彼女はお茶会の会場となっている部屋から下がり、先ほどの使用人の確保に向かうのだろう。

その使用人が、本来の主と思われるアーデルベルトまたはその傍にいる者にどれだけ忠誠を誓っているかはわからないが、メリナに対する忠誠心はないと考えていいだろう。少し揺さぶれば口を割る――またはメリナに罪を押し付けるような証言をするはずだ。メリナ自身は、大きな後ろ盾も彼らに支払う資金も持っていないのだから。

使用人から証言さえ引き出せれば、メリナにはこのお茶会の後にでも、王太子が手配した者が〝お話を聞かせて〟もらうよう接触するだろう。

メリナはいつものように柔らかい微笑みを浮かべている。その内心は読めないが、緊張か高揚か、どちらにしても凪(な)いだものではないと予測する。ルイーザが今置かれている紅茶を飲めば、彼女の思惑は果たせるのだから。

「そういえば、我が家では最近ペットを飼い始めたのです」

ルイーザの唐突な話の切り出しに、メリナだけでなく同席していた他の令嬢も目を瞬かせる。

「立派な体格の大きな犬なのですけれど、今ではすっかり家族の一員ですわ」

「まあ、大きな犬だなんて……恐ろしくはないのですか？」

意外だという風に声を出したのは、メリナではない令嬢だった。令嬢や夫人の間で愛玩犬として飼われるのは一般的に、女性の腕でも軽々抱えられるほどの小型犬である。番犬でもなく愛玩犬として大型犬を飼うのは、男性ならまだしも女性では珍しい。

「私も最初は恐ろしかったのですけれど、父がある場所から引き取ってきましたので。飼ってみると可愛らしいのですよ。案外表情豊かですし、温和でお利巧なので今は恐ろしさなんて全く感じません。それに〝薄茶色の瞳と焦げ茶色の毛〟なのでなんだか親近感が湧いてしまって」

「私の家も領地で牧羊犬を飼っていますの。愛玩犬ではないのですけれど、とても優しくて毛並みも綺麗で……実は、向こうに帰った時は私が毎日のようにブラッシングしていますわ」

一人の令嬢が言うと、他の令嬢が納得したような表情をする。

ヴィクトールが犬舎に連れてきた令嬢はまさに深窓の令嬢といった者が多く、大型犬に怯えていたが、田舎の領地で過ごす男爵家や子爵家の中には、牧羊犬や猟犬など大きな犬に馴染みがある者も少なくないのだろう。

メリナが表情を変えずにテーブルの上で拳を握ったのがわかった。

もちろん、王都にも領地にも犬などいないが、ここであえて犬の話をすることで、誰の手引きで何が起こっていたのか知っているのだと匂わせた。犬だった頃のルイーザと顔を合わせているメリナにはこれで言わんとしていることが伝わったはずだ。

そこまで話したところで、ルイーザは使用人を呼ぶと、角砂糖は一日二つまでにしているのにうっかり三つ目を使ってしまったからと理由をつけて自分のティーカップを下げさせ、新たに紅茶を淹れてもらう。

「ねえ、メリナ様。貴女に後ほど聞きたいことがあるの」

「……まあ、なんでしょう?」

「私、最近ハーブティに凝っていて。メリナ様は面白い薬草を持っていると小耳に挟んだものですから」

ちらりと紅茶のカップに視線を送ってからその顔を見ると、メリナの頬が引きつったのがわかった。

その後は、穏やかに談笑をしながら時間が過ぎていく。メリナは途中から顔色が悪く早めに席を辞したがきっと家には帰れていないだろう。

今頃は、子爵邸の近くで待機していたヴィクトールの手の者がメリナと接触しているはずなのだから。

二十．報告

ルイーザはテーブルを挟んで、ヴィクトールに向かい合っていた。

何度か王妃のお茶会に誘われて王宮に出入りしていたルイーザでも、王太子の私室に足を踏み入れたのは初めてだった。

当然、未婚の令嬢がここにいてはあらぬ噂が立ってしまうので、ヴィクトールの方も母以外の女性を招いたことはないのだけれど、今回は秘密裡に招いているので問題はない。

久しぶりにヴィクトールと顔を合わせて、ルイーザは柄にもなく少々緊張した。

上辺だけ見ると、容姿も振る舞いもまさに物語に出てくる王子様然としているのだ。

犬だった頃はああも自然体でいられたのだから、当時のような気持ちを少しは取り戻そうと思うのに、それも叶わないまま胸が騒ぐ。

「そう。危険がなかったのであれば良かったよ。メリナ・ノイマンはすぐにアーデルベルトとのつながりを吐いたよ。彼らは協力関係にあったけれど、たいして信頼関係が築かれていたわけではないようだ」

「アーデルベルト様にとって、メリナ嬢は一時的な駒だった……のでしょうね」

ヴィクトールの妻の座を狙うメリナと、王位を狙うアーデルベルト。

有力な婚約者候補を引きずり下ろしたいという利害がたまたま一致しただけで、最終的な目的は相容れないところにある。お互い、腹の底ではそれを知った上で上辺だけの協力関係を結んでいたのだろう。

「ありがとう、進展したのはルイーザ嬢のおかげだ」

「いいえ、こちらこそ王太子殿下のお力がなければあのように立ち回れませんでした。ありがとうございました」

お茶会を開いた子爵家の協力を得られたのは、ヴィクトールの采配ゆえ。その上、メリナの身柄を確保できたのもヴィクトールが手配した騎士なのだ。ルイーザや、ローリング伯爵の力だけではここまで穏便に事は運べなかっただろう。

あの日、途中でお茶会を辞したメリナに騎士が接触した。

「魔術師たちからの報告では、ルイーザ嬢が下げさせたお茶には間違いなく変化の呪薬が入っていたようだよ。もっとも、今回は犬ではなく鼠だったようだけれど」

あの時、ルイーザの安全を守るために二つの保険がかかっていた。

一つは、子爵家に元々いた使用人とこちら側で手配した使用人の左手に揃いのバングルを付けさせること。給仕の際は必ず、バングルが服で隠れないように指示が出されていた。

多くの使用人を抱える大貴族は別として、男爵家や子爵家などではお茶会や舞踏会の時に臨時で使用人を雇うことも珍しくない。事を起こすのであれば誰かを潜り込ませるだろうと踏んだのだ。

実際、その日も子爵家では何人か臨時で雇っている。こちらの息のかかっていない臨時の者は厨房と設営の準備のみで給仕役としては置いていないはずなので、バングルを付けていない使用人が給仕をしている時点で、警戒対象になったのだ。

そしてもう一つは、ルイーザがノアから預かった指輪だった。

中指に嵌めこまれた魔法石に、紅茶と砂糖以外の成分が一定の割合以上含まれた液体が染み込むと、黄色い石が赤く変化するように術を施してあるものだ。

本来は、飲料工場などで本来入る予定のない成分が含まれていないか確認するための魔道具を指輪型に加工してもらったものである。

ティースプーンで砂糖を混ぜたあと、さりげなく自身の左手の指輪に紅茶を垂らしたところ、それが反応したのだ。

「でも、一度失敗したのに、まさか本当に同じものを使ってくるとは思いませんでした」

残された紅茶を研究棟で分析してもらったところ、以前ルイーザが盛られたと思われる薬と限りなく近いものが入っていたと判明した。何か仕掛けてくるだろうとは思っていたが、てっきり別の毒を盛ってくると考えていた。

「ノイマン伯爵家は特別裕福なわけではないし、令嬢が個人で毒物を入手するのは容易ではないからね。手元にあった呪薬の残りを使ったのだと思う」

メリナにとって一番都合が良いのは、具合が悪くなったルイーザが席を立って人知れず消えるという展開だが、その思惑が外れて人前で変化したとしても、前回の犬とは違い小さな鼠では、変化したのではなくルイーザがドレスを残して消えたように見えただろう。万が一毒物か魔術の使用が疑われたとしても、容疑者は茶会を開いた子爵になる。

「それにしても、私が何の対策も取っていないと思われたのでしょうか……」

見くびられたものだと思う。ルイーザが犬になってしまったことを確信していたとして、何の対策も練っていなかったと思われたのだろうか。まあ、何か知っていたとしても完全に口を封じてしまえば良いと思っただけなのかもしれないが。

「全く、犬ならまだしも女性を鼠に変えようなどとはひどいことをする」

　鼠にはなりたくないが、犬ならまだしもというのに少々引っかかりつつも、ルイーザは気にしない振りをしてヴィクトールの憤りに同意を示した。

「こちらの事情になってしまって申し訳ないけれど……ルイーザ嬢は、メリナ・ノイマンの罪を明らかにしなかったことを後悔していないか？」

「ええ、別に人前で貶(おとし)めたいわけではありませんから。たとえ内々であっても、罪に問えるのであれば十分です」

　今回のことは、王の甥であるアーデルベルトが裏で糸を引いている。筋を通すのであれば、全てを白日の下に晒し、断罪すべきかもしれない。

　しかし、国にとってアーデルベルトの実家が持つ力は大きい上に、公爵夫人は王妹だ。事件を表沙汰にしてしまうと、王宮の勢力図に大きな変化が表れてしまう。下手に社交界を混乱させることは、ルイーザにとっても本意ではないのだ。

「まだアーデルベルトは内々に謹慎させている状態だけれど、病を理由に蟄居となるだろう。メリナの方も、今は貴人牢にいるけれど最終的に同じようなことになると思う」

二十一．対峙

報告会という名のお茶会を終え、ルイーザはある場所へと向かっていた。城の中ではあるが立ち入ったことのない区画に目的地がある。

何度も訪れた王城ではあるが、徐々に見慣れない景色になっていった。そして、歩くルイーザの隣には付き添いとして連れてきた伯爵家使用人ではなく、何故か王太子とその近衛騎士(レーヴェ)がいた。

ヴィクトールが、同行すると言い出したのだ。

「……王太子殿下、流石にここまでお時間を頂戴(ちょうだい)するわけには参りません」

「気にしなくてもいい。この先で君を一人にするわけにはいかないから」

気にするな、と言われても正直困る。ヴィクトールがまだ付き添うと言った途端、騎士の眉間の皺が更に一本増えたのも、ルイーザはしっかりと目撃している。ルイーザがいる手前、特に苦言を呈することはなかったが、きっとまだ執務はたっぷりと残っているのだろう。

固辞したものの結局ヴィクトールが聞き入れることはなく、連れてきた使用人を待機のための待合室に残して三人で歩く羽目になってしまった。

目的地――ある扉の前で立ち止まる。

守衛に扉を開けてもらうと、装飾は殆どないもののなんの変哲もない内装の部屋だった。ベッドも机も椅子もあり、壁紙や床も汚れていない。そんな一見ごく普通の部屋ではあるけれど、壁際には屈強な兵士が控えている。

普通の牢のような物々しさはないものの、逃げられないように窓も嵌め殺しになっているそこは、貴族が罪を犯した際に拘束される隔離部屋だ。

室内にいるのは簡素なワンピースに身を包んだ少女。

夜会などで見かける飾り立てた恰好ではないけれど、確かに見覚えのある少女だ。

ここは、メリナ・ノイマン伯爵令嬢が拘束されている一室。

子爵家で開いたお茶会の後すぐに、控えていた騎士に身柄を確保されて以来、ずっとこの場所に置かれている。


アーデルベルトは王太子の後ろ盾になりうる令嬢たちを一人一人婚約者候補から外れるよう画策していた。

ルイーザも対象の一人だった。実家ともども国王夫妻に気に入られ貴族からの評判の良かったルイーザが王太子妃になった時に、王太子の座を盤石(ばんじゃく)なものにしかねないことから目をつけられていた。

そのルイーザを排除することの協力者として選ばれたのが、ルイーザに敵意を向けるメリナだった。

アーデルベルトは多額の資金と異国への留学経験などで築いた人脈を使い、遠い異国で作られる呪薬の入手に至ったという。それが、実行犯であるメリナに渡されたのだ。

「……来ると思っていたわ。ルイーザ・ローリング」

ルイーザの入室を認めたメリナが静かに口を開く。その声は低く落ち着いていて、心なしかいつものようにふんわりとした柔らかな雰囲気はない。

いつの間にか、ヴィクトールが兵士に外に出ているように指示し、部屋の中にはメリナとルイーザ、ヴィクトールとレーヴェの四人になった。

メリナの手によってルイーザが一時的に犬になっていたことは、公にはされていない。貴族の令嬢が犬として過ごしていたなどという話が広がれば醜聞になってしまうからだ。また、怪しい呪薬の存在を広く知られるのは良くないという判断でもあった。

ヴィクトールはルイーザの姿が戻った瞬間を目撃しているし、刺客を取り押さえたレーヴェも戻った後のルイーザを見ている。つまり、この場にいるのは事情を知る者だけになった。

「ええ。貴女が自分の手を汚してでも、私を排除しようとした理由を聞きたかったから」

「貴女が勝って、私が負けた。それだけじゃない」

王太子妃候補として有力だったのは、何もルイーザだけではない。もっと家格が高い令嬢や美しい令嬢もいた。そんな中で、メリナがルイーザのことだけを狙った理由が知りたかった。

例えば、ただ一令嬢に毒を盛った程度のことであれば修道院行きは免れないだろうが、いずれ赦される可能性がある。

もっとも、適齢期を修道院で過ごした未婚の貴族女性に行き場はなく、生涯を修道女として神に祈りながら過ごす者が大半ではあるだろうけれど。

ただし、今回のメリナはアーデルベルトに加担したことで、内々とはいえ王位簒奪への関与についても問われている。罪の重さは大きく違う。

多分、全てが終わった後は戒律が厳しく一生出られない修道院で過ごすことになるだろう。同じ修道院でも、場所によってその生活は全く違う。それがわからないほどメリナが浅はかだとは思えなかった。

「貴女は、狡猾だったし私にとってはいけ好かない相手だったけれど、頭は悪くなかったはずよ。アーデルベルト様が失敗したらどうなるかだって、わかっていたでしょう」

「貴女が嫌いだったから。それだけよ」

「私だって貴女のことは好きじゃなかったけれど、元々そんなに関わりもなかったでしょう？」

同じく王太子を狙う令嬢たちは牽制し合うのが常だったし、ルイーザもメリナのことを良く思ってはいなかったけれど、強烈な悪意を向けられるほどのことをした覚えもない。

確かにルイーザは優秀で王太子妃の有力候補と言われていたし、国王夫妻や高位貴族からの評判も良かったけれど、肝心の王太子との関係は良いとは言えなかった。むしろ、若干避けられていた節もある。逆に、同年代の若い子女からの評判だけで言えば、メリナの方がルイーザよりも良かったはずだ。

王太子自身が妃を選ぶよう言われていたことを踏まえると、ルイーザは王太子妃に最も近い令嬢とは言い難かったのだ。

「貴女にはわからないわよ。良い家に生まれて、両親から愛されて周りからも持て囃されていた貴女にはね」

「……優秀と言われているのはそうなるように努力したから否定はしないけれど、良い家って。貴女も同じ伯爵令嬢じゃない」

「……同じ伯爵令嬢？　貴女の能天気な姿を見ると腹が立つのよ。ノイマン家に引き取られてから遊ぶ内容も制限されて、勉強の進みが悪いと叱責されて。やっと社交界に出られたと思えば陰で養女と蔑まれて。そんな生活、想像もできないでしょう？　それなのに貴女は恵まれた綺麗な環境で、辛いことなんか何も知らないって顔をしながら人に囲まれて笑ってた。同じ伯爵令嬢なのに、不公平だと思わない？　他の令嬢みたいに陰で足を引っ張るようなこともしない。何か言われたら、真正面からぶつかっていく。そんなお綺麗で余裕ぶったところも、まるで周りの令嬢なんて相手にしないと言っているみたいで心から気に入らなかったわ」

メリナが語る言葉を聞いて、ルイーザは心の底から呆れかえった。

ルイーザが何かをしたとか、家同士の何かがあったとか、そういう理由ではなかったのか。

ルイーザの心情が表情に出ていたのか、メリナは不快感を露わにする。

「……何が言いたいのよ」

「あまりにもくだらない理由で呆れているの」

「何ですって⁉」

「劣等感と嫉妬で身を亡ぼすなんて、愚かすぎて呆れたって言ったのよ」

「持つ人間に持たない人間の気持ちなんてわからないのよ！」

「ええ、わからないわね。私だったら自分が持てないものを羨む前に、自分が持つものを磨くもの」

メリナは下唇を噛んでうつむく。

これ以上話しても有意義な時間にはならないと判断して、ルイーザはメリナの部屋を辞した。

疎まれていた理由はわかったけれど、すっきりはしなかった。

ルイーザを殺す気まではなかった、とは思う。ただ、死んでもいいとは思われていただろう。メリナは王太子妃になりたかったというよりも、ルイーザを害したかったのだと感じた。

幼い頃に養女として修道院から引き取られたと父からも聞いていた。ノイマン伯爵自身も悪事の噂こそないものの、決して良い人柄とは言えない。彼女の幼少期から今までは、もしかしたら幸せなものではなかったのかもしれない。

けれどその詳細までは聞くつもりはないし、彼女の境遇に同情するつもりもない。

――あの行動力を、嫉妬ではなく別の方向に昇華できていればきっと違う人生だったでしょうに。

ルイーザにとっても、この結果は残念なものだった。

付き添いの使用人が待機する部屋の近くに来た時、ずっと何かを考えるように黙り込んでいたヴィクトールが、微笑んではいるもののどこか辛そうな表情で口を開いた。

「ルイーザ嬢は、すごいな。私は、幼い頃から出来の良いアーデルベルトと比べられ、嫉妬や劣等感に塗れていた。アーデルベルトを攻撃するのではなく、諦める方向に走ったけれど……正直、メリナ嬢の気持ちも少しはわかってしまう」

その瞳は、どこか眩しいものを見るように細められていた。

ルイーザは、アーデルベルトこそヴィクトールの生まれ――約束された王位を持つ立場に嫉妬していることを知っていた。ままならないものだと思う。

「買いかぶりすぎです。私だって、嫉妬はします。それをメリナに教える義理はなかっただけです」

「人望もあり、優秀と言われる君が誰かに嫉妬することなんてあるの？」

純粋に疑問を抱く、という様子でヴィクトールは問いかけるが、ルイーザは別に完璧な令嬢ではない。多くの貴族から認められてはいたけれど、別に慕われていたわけではないのだ。あくまで、令嬢たちの中では優秀だったというだけだ。

「優秀と言われるのだって、単純に知識を取り入れただけで……何かの実務経験があるわけではないのです。自分よりも高位の令嬢を羨ましく思いますし……もし自分が女ではなく男として生まれていたら、もっと世間に出られたのにとも思います。髪の色だって暗い焦げ茶よりも華やかな色が良かったとか思うし、宝石のような瞳にも憧れます。……でも、どう足掻いても私は私にしかなれませんから。それなら、私の中で最高の私になれるように努力したいです」

「……そうか。でも……君の髪はチョコレート色で綺麗だし、キャラメル色の瞳も美しいと……思う」

慰めのつもりだろう。ぼそぼそと呟くようにヴィクトールがルイーザを褒めた。その言葉に、嘘は感じられない。

しかし髪と瞳の色については、令嬢の自分に向けてではなく犬を重ねているように見えるのは気のせいだろうか。若干目が据わってしまうのは仕方がないだろう。

「ところで、先日の求婚の件が曖昧になってしまったのだけれど……答えをもらってもいいかな?」

「責任は感じなくても大丈夫です。……それに、殿下は私を捕食者のようで怖いと仰っていたでしょう? 苦手意識を抱く相手との結婚が上手くいくとは思えませんから」

少々の嫌味を込めてルイーザは答える。

根に持ちすぎかもしれないが、本人が目の前にいると知らずに令嬢を捕食者扱いしたのだ。これくらいは許されるだろう。

ヴィクトールは心当たりがない、という表情をした後に、ルイーザが犬だった頃に犬たちの休憩所で婚約者候補たちの印象をぼやいたことに思い至ったのか、少々気まずそうな表情をした。

「あー……。確かに、私は気が強そうな女性が苦手だった。その、令嬢に対して相応しくない発言をしたことも謝ろう。ただ、捕食者のようだと言ったその目は……今考えると、おやつを前にした時のショコラと同じ目で、むしろ……悪く、ない」

まるで口説いているかのようにはにかみながらヴィクトールは言う。

ただ、その内容はルイーザをときめかせるにはあまりにも色気がなかった。

おやつを前にした犬と同列に並べられて喜ぶ令嬢がどこにいるというのだろうか。その犬も自分ではあるのだけれど。

顔を引きつらせながら付き添っていたレーヴェに視線を送ると、騎士は目を閉じて首を左右に振る。「平常運転です」という心の声が聞こえた気がした。

「それに……王太子殿下の婚約者候補を辞退した後に今後の身の振り方も考えていました。犬になって、時間だけはたくさんありましたから。私、外交官を目指そうと思っています」

自分で身を立てられるようになれば、必ずしも結婚が必須ではなくなるだろう。

ルイーザが負った脇腹の傷は、貴族令嬢として立場ある貴族に嫁ぐには瑕疵（かし）となるが、傷を気にしない準貴族あたりの文官との結婚はあるかもしれない。

乳母や侍女、王族女性に付く女官以外で貴族女性が城勤めをした前例はない。遠い道のりになるだろうけれど、挑戦する価値はあることのように思えた。

「わかった」

真面目な顔で、ヴィクトールが頷く。

わかってもらえて良かったと息をついたが、次の瞬間その安堵はかき消された。

「結婚をしたら、外交の方は君に任せよう。幸い、私はあまり外国語が得意ではない」

「……ふふっ」

妙案だといった様子で胸を張りながら情けない主張をするヴィクトールに、思わず噴き出してしまう。

前々から自信がないとかどうとか言っていたけれど、この自由さを考えると、彼はかなり王族らしいのではないだろうか。

しばらく無言で見つめ合ったあと、ヴィクトールは自分の発言を思い返して恥ずかしくなったのか、頬を染めて目を逸らした。

「いや、まあ……とにかく、真剣に考えておいてほしい」

エピローグ　元王宮の番犬、現……

あれからすぐ、グレーデン家の嫡男が不治の病に罹り田舎で静養することになったとの知らせが入った。

最も王家に近い血筋の一つである公爵家での出来事に、王家主催のものをはじめとする多くの夜会が自粛されることとなった。

公爵家当主も、〝嫡男の病気による失意のあまり〟爵位の返上を願い出たが、国王の反対により、今なお同じ地位にいる。しかし、夫妻の憔悴した様子からして、数年のうちに爵位は次男に継がれるのではないかとルイーザは考えている。

また、今回のことによって王太子の婚約者候補の件も翌年に持ち越されることとなった。

季節は巡り、再び社交シーズンがやってくる。ルイーザは領地から王都に戻る馬車の中で溜息をついていた。その手には、王家の紋章が入った手紙が握られている。領地を出る直前に届いた手紙を、馬車の中で読んでいたのだ。

そこにはシーズンに合わせて隣国からやってくる歌劇団の観賞の誘いが綴られていた。

あれからルイーザのもとへは定期的に、ヴィクトールから手紙や花などが贈られてきていた。

「時間が経てばそのうち飽きると思ったのだけれど……」

「もう、受けてしまえばいいじゃない。貴女だって、殿下のことは憎からず思っているのでしょう？」

母の呑気な声に図星を指されたルイーザは口をへの字に曲げた。

ルイーザだって、ヴィクトールが嫌いなわけではない。王太子としては情けないけれど、良いところも知っているし最近では以前よりも真面目に執務に取り組んでいると聞いている。

……良い人だと思っているからこそ、責任感などではなく本人が添い遂げたい女性と幸せになってほしいと思っているのだ。

かつてのルイーザであれば、自分の目標が一番で、誰かの幸せなんて考えなかっただろう。「幸せになりたいなら自分で相応の努力をしてチャンスを摑めばいい」と考え、第三者の幸せなんて他人が祈るものでもないと思っていたのだ。

しかし、犬になって父や母の愛を改めて感じ、魔術師からの助けや同室の犬の思いやりに触れたことで、他人（一部犬）に助けられていたことを知ったのだ。

自分のことばかりを考えるのは、犬生活を経て卒業した。

ルイーザは、王家の揉め事によって腹部に傷を負った。とっくに傷口は癒え、今は全く痛まないけれど、引きつれたような痕は消えることはないだろう。ヴィクトールの手紙にも、傷の様子を心配する言葉が何度か綴られていたのだ。

確かに肌に傷があれば、嫁ぎ先の選択肢は狭まるだろう。しかし、内臓の損傷はなかったのだし贅沢を言わなければいくらでもあるはずだ。

それに、揉め事の元は王位を巡るものだったとしても、こうなった原因は、ルイーザの行動によるものでもある。

そもそもヴィクトールが傷を負わせたわけではないのだ。責任を果たすような求婚を受け入れたとしても、その先に幸せがあるとは限らないと、ルイーザは考えている。

「難しく考えなくても、嫌いじゃないなら良いじゃない。ねえ、ルイちゃん」

母はそう言って隣の座席に座る焦げ茶色の犬を撫でた。

「ルイ」と呼ばれた犬は、もちろんルイーザが再び犬になったわけでも、分身したわけでもない。

昨年の事件の時に、犬一匹が何の前触れもなく消えたら犬時代のルイーザを知る飼育員や使用人が首を傾げるため、番犬見習いのルイ――ヴィクトールはショコラと呼んでいたが、本来付けられた名前はルイである――は、表向きは怪我を負って番犬業ができなくなったのでローリング伯爵家に引き取られたということになっている。

怪我や年齢のせいで引退した犬が、農家や牧場、または田舎に領地を持つ貴族に引き取られることはよくあることだそうだ。特に、ルイーザのために犬舎に通い続けた父は飼育員の中で犬好きの伯爵ということになってしまっていたので、不自然には見られなかった。

表向き引き取ったことにするだけで別に本当に犬を飼う必要はなかったのだけれど、両親がせっかくだからと同じ犬種で似た毛色の子犬を領地で探し出してきた。本当は邸の番犬にするつもりが、ぬくぬくと室内で過ごし、両親や使用人たちにたっぷりと可愛がられたせいで番犬どころか人見知りもしない甘えん坊の室内犬に育ってしまったけれど。

二人と一匹を乗せた馬車は間もなく王都へと到達する。今回の社交シーズンはどうなることかとルイーザは溜息をついた。

＊＊＊＊＊

久しぶりの、王都の邸の門をくぐる。

城勤めをしている父は連休があれば領地に戻るものの、基本的には王都で過ごしていた。

まずは挨拶のために父のもとへ向かおうとしたら、家令から来客があるからと応接間へ行くよう促される。

先触れはなかったはずだけれど、一足先に王都へ着いた友人でも来ているのだろうかと応接間の扉を叩くと、聞こえるはずのない人物の声で応答があった。

「ルイーザ嬢、久しぶりだね」

「王太子殿下!? お久しぶりでございます。……どうしてこちらに？」

ヴィクトールの最新の手紙は、領地を出る直前に受け取った。返信を書いてもルイーザの方が早く到着してしまうため、王都へ戻る予定はまだ彼には伝えていないはずだった。

「伯爵から、今日着く予定だと聞いたから来ちゃった」

来ちゃった、と気軽に言うが、平日の昼間から城を出て良い人物ではない。今は社交シーズン直前ということもあって、彼はなかなかに忙しいはずだった。

最近は真面目に執務をしているとは聞いているが、相変わらず自由なところがあるようだ。青い顔で胃を押さえる彼の生真面目な護衛の姿が脳裏に浮かぶ。

なんと言っていいのか思案していると、するりとルイーザの足元を焦げ茶色の毛が通る。

「わあ！　飼い始めたと言っていた子だね？　可愛いなあ、色はショコラそっくりだね」

表情を緩ませるヴィクトールに、愛犬ルイは尻尾を振って近づいた。誰に似たのか彼女は遊んでくれそうな人や美味しいものをくれる人を見分けるのが上手いのだ。一瞬でヴィクトールを甘やかしてくれる人として認定してしまったらしい。

「こら、ルイ！　す、すみません……まだ若いので落ち着きがなくて……」

ルイはやっと成犬の大きさになったとはいえ、まだ一歳を過ぎたばかりの若い犬だ。一通りの躾は終えたものの、落ち着きはないし甘えん坊である。ルイーザの知る王家の番犬たちに比べると、同じ犬種のはずなのに雲泥の差だ。ヴィクトールがイメージする犬の基準が番犬であるのならば、間違いなくかなりやんちゃな子に分類されてしまう。

慌てて首輪を摑んで愛犬を引き寄せようとするが、ヴィクトールが問題ないと制してルイを撫でまわす。人見知りしないルイは喜んでソファに座るヴィクトールの膝に前足をかける。

「大丈夫大丈夫。ショコラもこんな感じだったし」

解(げ)せない。が、記憶を辿る限り否定もできない。ルイーザは微妙な表情になってしまう。

あの時は特に意識していなかったけれど、傍(はた)から見ると自分はこんなに〝犬〟だったのだろうか。

……いや、流石にもう少し落ち着いていたはずだ。

「先ほど、正式に求婚の許可を伯爵にもらったところだ。伯爵はルイーザ嬢の意思に任せると言っていたよ」

ルイを撫でながら、ヴィクトールは微笑んで本題に入った。

ついにきたか、とルイーザは内心覚悟を決める。彼が冗談で言っているわけではないのは流石にわかっている。きちんと、答えなければいけない。

「身に余るほどの光栄なお申し出ではありますが、殿下には、責任感で婚約を決めるのではなく、本当に添い遂げたい方を選んでいただきたく思います」

ヴィクトールは、あれからもずっとルイーザの傷のことを気にかけていた。完全に傷がふさがった後も、痛むことはないかと聞いてきていた。

しかし、あの怪我は決してヴィクトールのせいではないのだ。誰が悪いかといったら間違いなく刺客を送り込んだアーデルベルトの方だろう。

それでも、ルイーザの言葉にヴィクトールは納得しない様子で眉を顰めた。

「前々から思っていたけれど、ルイーザ嬢は私が責任だけで求婚していると思ってる？」

「違うのですか？」

「身を挺して自分を庇うほど想ってくれる女性に、惹かれないわけがないじゃないか」

「それは……」

ルイーザは言い淀む。

流石にはっきり言うことは憚られるが、あの時のルイーザの行動は、犬が懐いた人を守るものだった、と思う。令嬢に戻った今、同じような行動――身を挺して悪漢の前に立ち塞がれることができるかというと難しい。恐怖の方が先に出てしまうような気がする。

「言いたいことは大体察しが付く。あの時のルイーザ嬢の行動は犬としてのものだったとしても、君に救われたことには変わりないよ」

「……それも、すべて偶然。間に合ったのもタイミングが良かっただけです」

「それだけじゃない。私は、私以外にはなれない。――あの時……メリナ嬢と話した後の君の言葉のおかげで私は変わろうと思えた。私はアーデルベルトのようにはなれないし、なる必要もないのだと。私は、私ができる中で最高の王になりたい。そのために、これからも君に支えてもらいたいんだ」

プロポーズにしては、微妙に情けない言葉に少々脱力した。

それでも、ルイーザはどこか彼を憎めない。なんだか、彼らしくて微笑ましいとすら感じてしまった。認めていいのか悩むところだけれど、少し情けないところを可愛らしくも思うのだ。

「……私は、かつて殿下が望んだような穏やかで優しい令嬢ではありませんよ」

「私だって、あれから自分を見つめ直した。当時穏やかで優しい女性を望んだのは、優秀で自立した女性への劣等感があったからだ。優秀な妃を持ったら、アーデルベルトの時と同じようにまた比べられるのではないかと。今は、君がいい。気が強くて努力家な君の隣に立って恥ずかしくない王になれるように私も努力したい」

「……私はそんなにできた人間ではありません。相手の立場に立って考えることも、あの事件を経てやっと知ったくらいですし、教養面も、まだまだ未熟な部分は多いと思います。あまり学業に熱心なのも、本当はこの国の女性としては褒められたことではありませんし」

「今も芋が好きだし？」

「ええ、何故か未だにふかしたお芋が――何故知っているんですか⁉」

「伯爵夫人が言っていた」

ルイーザが思わず上げた叫び声にヴィクトールは笑いながら答えた。ルイーザの知らぬ間に、父だけでなく母ともやりとりをしていたようだ。

人間に戻って随分と経つ。ノアはしばらくすれば人間の体に精神が馴染んで犬の習慣は抜けると言っていた。今のルイーザは生肉を食べたいとは思わないし、もうボールを追いかけたくもならない。当然柔らかい土を見ても掘りたい衝動など起こらないのだけれど、ふかしたお芋の魅力からはどうしても逃れられなかった。

芋を使った菓子ならともかく、シンプルにふかしただけのものは百歩譲っても庶民のおやつである。令嬢が好むものでは決してない。

羞恥に頬が熱くなるのを感じながらも、どうにか令嬢としての体裁を取り繕うように謝罪をする。

「突然大声を上げて……失礼しました」

「私的な場では、立場なんて気にしなくてもいいから素で話してほしい。ショコラだった頃はもっとたくさんお話してくれただろう？」

お話というが、ヴィクトールにとってはわふわふとしか聞こえなかったはずだ。そもそもあれは通じないと思っていたからで、そのまま口にするのは非常にまずい。不敬まっしぐらである。

躊躇する気持ちが、ヴィクトールにも通じたのだろう。

「不敬は気にしなくていいよ。母だって、プライベートでは父に対して結構ずばずばと言っている。ああでも、呼ぶ時はポンコツ王太子ではなく、ヴィクトールと呼んでほしいけど。……いや、それより愛称がいいな。ヴィーとかどう？」

人間に戻って初めて発した言葉を引き合いに出されてルイーザは顔を引きつらせる。

そんな様子をよそに、ヴィクトールは一人で話を進めていた。自分のペースで話を進めるのは、犬が相手だったからではなく人間でも同じようだ。

仕方のない人だと苦笑する。そんな彼を憎めない自分自身にも。

なんだかんだで、自由な彼に惹かれているのだ。

「私が素で話したら、なんて気が強い女だと後悔するかもしれませんよ？」

「ふふ。ルイーザは小さい頃からしっかりしていたのを知っているから大丈夫だよ」

小さい頃の自分を、なぜ彼が知っているのかと首を傾げるが、一つの出来事が思い当たる。

ルイーザが気が付いたのは最近だけれど、一度幼い頃に城の図書室で会っているのだ。生意気な子供だった自分の姿を思い出して、さっと頬が赤くなる。

「……もしかして、覚えていらっしゃるのですか？」

「気が付いたのは、ルイーザの私室に入った時だけれどね。本棚に、あの差し出されたフリアンテ国の児童書があった」

幼い頃のルイーザが図書室で借りようとしていた児童書だ。輸入が少なく入手が難しいものの、一冊……何故か三巻だけは持っていた。

「気づいた時に仰ってくだされればよろしかったのに。……あの時は、随分生意気な小娘だと思いましたでしょう？」

「いいや、幼いのによく勉強していると思ったよ。実際私は、児童書すらも辞書片手にやっと読めるかどうかだったしね」

「なんだか恥ずかしいところばかりお見せしてしまっている気がします」

「変に取り繕った関係よりもずっといいと思う。それに、恥ずかしいところを見せているのはお互い様だ。君の目の前で散々弱音を吐いたし……ご令嬢に素の姿を見せてしまったのは初めてだ。それとも、情けない私ではだめ？」

懇願するような表情で問われて、反射的にルイーザは首を横に振る。何故か捨て犬のように見えてしまったのだ。

「私で良ければ、よろしくお願いします。……ヴィー様」

今年のシーズンで、王太子は婚約者を決めるだろう。

そう貴族たちの間で囁かれ、ある貴族は自分の娘を選んでもらおうと画策し、またある貴族はどの家と懇意にするべきか予測した。

そんな中、社交シーズン幕開けと共に告げられた王太子の婚約発表は、社交界を大いに驚かせた。

王太子と、去年一度辞退したはずの令嬢が仲睦まじく寄り添う姿を見た貴族たちは、一体どこで二人が親睦を深めたのかと首を傾げた。

ある貴族は、王太子に直接聞いてみたらしい。王太子は、意味深に笑ってこう答えた。

「親しくなったきっかけは、ボールとおやつかな」

――ボールとおやつ。

令嬢のイメージと結びつかず、その貴族は首を傾げることしかできなかった。

後日談一．王妃様とのお茶会

王宮の中でも、さらに奥の方。

向かっているのは、国王夫妻の私的な区画である。王妃が開く茶会に何度か出席しているルイーザは王宮にもそれなりに立ち入ったことがあるが、ここまで来たのは初めてだった。

通された温室では、美しい花が咲き誇り、ティーテーブルには既にお茶とお菓子の用意がされている。

席について数分も経たないうちに、優雅な足取りでこの国で一番高貴な女性……王妃が現れた。

その顔立ちは、ルイーザの婚約者である王太子ヴィクトールとよく似ている。既に成人を済ませた息子がいるとは思えないほど、若々しく美しい女性だ。

今日は、正式に王太子の婚約者になってから初めて王妃に呼ばれたのだ。今まで何度も顔を合わせているし、印象も悪いものではなかったと思っている。しかし、改めて義母になる方だと思うと妙な緊張をしてしまう。

「本日は、お招きいただきありがとうございます」

「ルイーザ、そんなに固くならないで。私、貴女がヴィクトールの相手になってくれてとても嬉しいのよ」

「ありがとうございます。不束者ですが、少しでもヴィクトール様の支えになれるように尽力いたします」

ルイーザが決意を込めて言うと、王妃は微笑ましいものを見るように目を細めた。

「あの子は少し、根性なしなところがあるから心配していたのだけれど……ルイーザが支えてくれるのならきっと大丈夫ね」

あまり公の場でのヴィクトールのイメージにそぐわない、根性なしという評価が可笑しくなってルイーザは思わず笑いそうになってしまう。王妃は、ルイーザの様子から察したのか「いいのよ、笑っても」と言いながら楽し気に笑っている。

ルイーザの緊張もほぐれたころ、温室の外から何やら騒ぐような声が聞こえた。

ちらりと目を向けると、ちょうどそのタイミングで駆け込むようにヴィクトールが顔を出す。走ってきたのか、珍しく髪型が崩れ息も乱れている。

「……ヴィー様？」

「母上！　ルイーザが来ているなら何故私に何も言ってくれなかったのですか！」

「全く……不作法な子ね。お客様の前でばたばたと落ち着きのない」

席についてどうにか息を整えたヴィクトールは、使用人が出した果実水を一気に呷った。

「ルイーザ、大丈夫か？　何か変な話を聞かされていない？」

「もう、失礼な子ね。されて困るような話のある貴方が悪いんじゃなくって？」

「ふふ。まだ始まったばかりですから。これからたくさんお話をしていただこうと思っていたところです」

あら、いいわねという王妃と、勘弁してよと額を押さえるヴィクトールは、顔立ちこそ似ているものの対照的な反応だった。


「実は王家にはね、一芸に秀でた者が生まれることが多いと言われているの」

確かに過去の歴史上、王家を継がなかった次男以下の王子や降嫁した姫が芸術や福祉、研究などの分野で活躍していたことは知っている。納得したようなルイーザを見て、王妃は悪戯っぽく微笑んだ。

「リヒャード様も、植物に関してはなかなかのものなのよ」

「はい、ここにある緋色の薔薇も王妃様をイメージして国王陛下の案で交配したと聞いています」

国内では、有名な話だ。学生時代に植物学を専攻していた国王リヒャードが、王妃をイメージした薔薇を持ってプロポーズしたという話だ。

今では研究職を降りているが、王妃の名『エルシャ』と名付けられた薔薇は愛を告げる時の花束に入れる定番の花として国民に認知されている。

「リヒャード様は未だに執務の合間を縫って花を育てているのよ。実はね、この温室の花は全てリヒャード様が育てたの」

意外な言葉に、ルイーザは目を瞬かせる。

温室内は薔薇をはじめとした花々が美しく咲き誇っている。ただ無秩序に植えられているわけではなく、彩りも配置が良く、目を楽しませる気づかいがされていることが窺える。国王は元々植物に造詣が深いとは聞いていたが、あくまで研究者としてだと思っていた。

「父上の趣味はあまり知られていないけれど、ローリング伯爵は多分知っていると思うよ。父上は暇を見つけてはここに来て土いじりをしているから無駄に筋肉がついているんだ」

「まあ……てっきり、鍛えられているのかと思っておりました」

記憶の中にある国王は、肩幅が広く貫禄のある男性だ。偉丈夫ではあるのだが、どちらかというと細身であるヴィクトールとは違う系統だという印象がある。

「いやいや、剣術や体術の腕は正直私と似たりよったり……痛っ」

言いかけていたヴィクトールの手の甲を、王妃はぴしゃりと扇で叩いて、目を眇めた。

「似たり寄ったりだなんて。筋肉がある分、貴方のお父様の方がお強いわ。聞いたわよ。貴方、先日一年目の新人騎士に一本取られたんですってね？」

「……いてて、その時は私も合計二本取ったんだけどなあ」

手をさすりながらぼやくヴィクトールに、ルイーザは苦笑する。

大きな声では言えないが、正直言って新人とはいえ毎日鍛錬している騎士から二本取れたのであれば、ルイーザが考えているよりは強い。ルイーザの中で元々の評価が低かったのは言わずもがななのでそのことは口に出さないが。

「ヴィクトールは……一見すると王としては特別秀でていないように見えるかもしれないけれど、

他の人にはない才能を持っているわ」

「……犬が愛する心ってことですね？」

「御覧の通り、ちょっと足りないところもあるけれど、王として大切な資質もきちんとあるの」

誇らしげなヴィクトールの発言を一瞥もせずに斬り、何事もなかったかのように王妃は話を続けた。

実はルイーザも、ヴィクトールの才能と聞いて犬のことが真っ先に思い浮かんだのだが、口に出さなくて良かったと内心安堵する。

「人を集める力よ。ヴィクトール自体はまあ、今のところようやく及第点だけれど……側近には有能な人が集(つど)っているうえに、皆がヴィクトールに心から忠誠を誓っているの」

「私も、周りの人たちとヴィー様の間にある信頼関係のようなものは感じていました」

ルイーザが犬だった時、たびたび犬舎に訪れるヴィクトールを連れ戻しに来た側近を見かけた。もし、ただの横暴な主であればあのように忠言は述べられないし、本当に無能であればいくら王族であっても形だけ仕えて内心では見切られていただろう。

しかし納得できたルイーザとは違いヴィクトールの方はストンとこなかったようで、頭を掻きながら首を傾げる。

「そうですか……？　いや、確かに良い関係を築けているとは思うけれど、結構皆、私に容赦ないこともありますよ」

息子の姿を見た王妃は、溜息をつきながら首を左右に振った。

「ここまで自由に過ごしているのに周りに見捨てられず、逆に自分がどうにかしないと……と思わせる性格は天性のものだと思っているわ」

それは褒めているのだろうか。

……いや、王妃の表情からして間違いなく褒めているわけではないのだろう。ルイーザの立場では同意するわけにも否定するわけにもいかず、曖昧に微笑むことしかできない。

そんな心のうちを知ってか知らずか、王妃はルイーザの手を握った。年齢を感じさせないきめ細かな肌と、整った目鼻立ちを持つ王妃にじっと瞳を見つめられると、女性同士とはいえ自然と頬が赤らんでしまう。

「ルイーザも、その一人だと思っているわ。婚約者選びはヴィクトールに一任していたのだけれど、実はぽやぽやしたお花畑な令嬢を連れてきたらどうしようと心配していたの。でも、しっかりとしたお嬢さんが来てくれて安心ね。息子に人を見る目だけはあって良かったわ」

＊＊＊＊＊

「全く。母上は私のことをなんだと思っているのか……」

公務があるからと王妃が辞したあと、その場にはヴィクトールとルイーザだけが残された。散々王妃に駄目出しをされたヴィクトールは、拗ねたように口を尖らせている。

公の場では絶対に見せない子供っぽい表情が見られるのも、一部の人間だけの特権だ。無性に愛しさがこみ上げてきたルイーザはくすくすと笑ってしまう。

「王妃様は、口ではあのように仰っていたけれど、ヴィー様を心配なさっているだけだと思います。私だって、未だに夜更かしをしたり一日中本を読んでいたりすると母から小言が飛んでくるのですよ。子供がいないのでまだよくわかりませんが、ついつい色々言ってしまうのが親というものなのかもしれません」

「そういうものかな？」

「ええ、きっと。それに、最近は真面目に執務をするようになったというお話も聞いていますよ。殿下の努力は、きちんと周りに伝わっています」

「……全く、何か恥ずかしいな」

ガシガシと、面映（おもは）ゆそうにヴィクトールが頭を掻く。

先日登城した際に、たまたまヴィクトールの側近の一人とすれ違った時に世間話の流れで近況を聞いたのだ。

「でもまあ、確かに今までは二、三日に一度は犬舎に行っているけれど、最近は週に一度に抑えているんだ」

ルイーザよりもいくつか年上の二十代男性にそう思うのもおかしな話かもしれないが、誇らしげに言う姿が、なんだか微笑ましい。

彼にとって一番努力していることは、愛する犬たちのところに向かう頻度を減らしたことらしい。

実のところ、回数は減らしているがその週一回の時間はそこそこ長いという話もルイーザは聞いている。

が、毎回連れ戻す労力や移動時間を考えれば周りの負担も減っているはずなので、黙って頷いておくのだった。

後日談二：ある騎士と王太子の婚約者

王太子付きの騎士レーヴェは現在、王太子の婚約者であるルイーザ・ローリング伯爵令嬢が部屋から出てくるのを待っている。

婚約者になってからというもの、彼女は王家のしきたりを学ぶ授業を受けたり、王妃陛下のお茶の相手に呼ばれたりとたびたび登城している。

そして先ほど、そろそろ歴史の授業が終わるはずだから迎えに行ってくれと王太子から命を受けたのだ。

ガチャリとドアノブが回る音がしたと思ったら、待っていた女性が重厚な扉を開けて出てきた。

彼女こそ、待ち人ルイーザである。

ルイーザはレーヴェの存在に気付くと、片手に歴史書を抱えたまま空いた方の手でスカートを摘み礼をした。

「あら。レーヴェ様。ごきげんよう」

「ルイーザ様。お疲れ様でございました。王太子殿下がお呼びですので、お時間いただいてもよろしいでしょうか」

レーヴェが胸に手を当て尋ねると、ルイーザは目を細めて微笑みながら承諾をした。

三十に届く齢（よわい）のレーヴェからすると十も年下の少女であるはずなのだけれど、常に落ち着き払った態度は年齢以上の貫禄を感じた。

多少の物事では動じず、機知に富んだ会話を行う様（さま）は王妃陛下や王宮の古狸（ふるだぬき）である貴族たちから一目置かれるのも頷ける。

博識で気が強い王妃を母に持つヴィクトールは、彼女のような女性を苦手としていたはずなのだけれど、紆余曲折（うよきょくせつ）あって……それはもう、人知を超えるあれこれがあってルイーザを選んだ。

優しく穏やかな女性と愛を育みたい、と常日頃言っていたヴィクトールだけれど、もしあの甘えた精神のまま穏やかな女性と結ばれたら、有事の際には共倒れとなったことだろう。

幼い頃からヴィクトールを知るレーヴェから見ても、ルイーザくらいしっかりした女性に尻を叩かれながら玉座に就いた方が、円満に行くだろうと思う。

というように、レーヴェはルイーザのことを主の伴侶としてこれ以上ない女性だと思ってはいるのだが、個人的には彼女と馴染めずにいた。

主の結婚後も近衛騎士を続けるつもりであるため、長い付き合いになるだろう。ある程度は打ち解けた方が色々とやりやすいことはわかっている。わかっているのだけれど……。

「レーヴェ様は、なかなか私と打ち解けてくださいませんね」

「い、いえ。騎士たるもの、貴人と気安く言葉を交わす立場ではございませんので」

もちろん、言い訳である。

レーヴェは思わず引きつりそうになる口元を引き結ぶことで誤魔化した。レーヴェの言葉を聞いたルイーザは、片手を頬に当て悲しそうな表情でほう、と息をついた。

元々人見知りする性質でもないし、女性を前にしてドギマギするほど初心（うぶ）でもない。三十近いのだ。それなりの人生経験はある。

しかし、どうにもルイーザが相手となると駄目なのだ。

隣にいるルイーザを横目でちらりと盗み見る。

背筋をピンと伸ばし、美しい姿勢で悠々と歩く姿。華奢（きゃしゃ）な体に艶やかな焦げ茶色の髪。どこからどう見ても、育ちの良い令嬢だ。……令嬢なのだが。

どうしても、尻尾を振りながらヴィクトールにおやつをねだる犬の姿が重なってしまうのだった。

＊＊＊＊＊

ルイーザは、王太子の執務室へと行く道すがら、エスコートをする騎士を見る。

普段から王太子の傍に控え、護衛をしている彼とは何度も顔を合わせたことがある。人間に戻ってからも……犬だった頃も。

この騎士レーヴェは、去年あったことの顛末を知る人間の一人だ。王太子の傍にいる者で事情を知るのは、ルイーザが噛みついた刺客を取り押さえた騎士レーヴェと、事後処理に駆り出された王太子補佐官のファルクのみである。

ファルクは飄々とした男で人付き合いも上手いらしく、かなり早い段階で打ち解けることができた。しかし、この騎士はルイーザからひたすらに距離を置こうとする。

犬だった頃に見かけた印象だと、決して人見知りするタイプではない。使用人とは普通に話すし、犬だったルイーザにも構うことがあった。本来は割と社交的なタイプなのだろう。

しかし、ルイーザとは打ち解けようとしない。その理由も察しがついているが、いつまでもこの距離感ではやりづらい。

「レーヴェ様も私も、家格は同じ伯爵家。年齢はレーヴェ様の方が年上ですし、もう少し砕けていただいて構いませんよ?」

「私は騎士です。ルイーザ様はいずれ私の主となるお方ですから……」

「ファルク様は気にしませんでしたよ」

「……あれは、特殊な男ですから」

ふいとレーヴェが目を逸らす。

そう、この男はルイーザと目を合わせようとすらしないのだ。

「私は気にしていませんよ。レーヴェ様は、あの犬が私だとは知らなかったのですから」

ひくりとレーヴェの頬が揺れる。騎士のくせに、動揺を隠すのが下手なようだ。

「ええ、別に全く気にしていません。間抜け面(づら)と言われたことも、おやつを食べすぎて太ったと言われたことも。……あれは冬毛ですけどね!」

「気にしているじゃないか!　……っと、すみません」

思わず叫んだ後に、口元を押さえて慌てて顔を逸らす。

やはり生真面目な騎士は、犬に対するこれまでの言動を後ろめたく思っているようだ。律儀な男である。

ヴィクトールはルイーザの犬時代を素敵な思い出のように恍惚とした表情で語るし、側近のファルクは「素晴らしいほどの犬っぷりでした」と完全に馬鹿にしているしで、主従揃って居たたまれない気持ちを味わわせてくれた。レーヴェのこの反応はなかなか新鮮である。

なんだか楽しくなったルイーザはにんまりと笑みを作る。

「ええ、レーヴェ様が親切な方だと私は知っています。そういえばよく、私のお腹周りも気遣っていただきましたね」

「うっ……その節は大変失礼いたしました」

（た、楽しい！）

更にうろたえる騎士を見てルイーザの悪戯心がむくむくと湧いたところで、後ろからぎゅっと腰を包まれる。

「レーヴェ、私の婚約者と随分仲良くなったみたいだね」

「ヴィー様!?」

ルイーザの腰に手を回したヴィクトールは、にこりと微笑んでレーヴェを見た。口元は弧を描いているが、その目は明らかに笑っていない。

「殿下、まだ執務中では……？」

「ルイーザと子犬を見に行こうと思って、休憩を前倒しにして出てきたんだ」

先月、王宮の番犬時代にお世話になったマリーが子犬を産んだのだ。

出産直後の母犬は気が立っているので本来は飼育員以外を近づけないのだけれど、以前ルイーザが見に行った時に、マリーは子犬を咥えてルイーザのもとへ連れてきてくれた。同じ犬舎で過ごした絆のおかげだろうか。

近くにいた飼育員は不思議そうに首を傾げていたけれど、それは曖昧に笑って誤魔化した。

元々ヴィクトールのしつこい撫で撫で攻撃を苦手としていたマリーだが、ルイーザが一緒の時は渋々ながらもお零（こぼ）れとして彼が子犬を触ることも許してくれる。

マリーが産んだ子犬は、大体が番犬になったり牧羊犬として引き取られたりするのだけれど、一匹はヴィクトールとルイーザで飼おうということになっている。

子犬たちが親離れする時期は、自分たちの婚姻よりも少しだけ前になる。ルイーザが王宮で暮らし始めるよりも早くヴィクトールが子犬を引き取るため、ルイーザの目の届かないところで過分に甘やかされて育たないか心配ではあるけれど、基本の躾は王宮の犬舎でしてくれるらしい。

「……時々、ヴィー様が私と一緒にいる理由に、犬が絡んでいるのではないかと不安になりますね」

「まさか！　一緒に犬を可愛がってくれる女性と結婚したいと思っていたから、その条件に君がぴったりだったということは嬉しく思うけど、その理由は後からついてきたものだよ」

ヴィクトールは首を振って否定をするが、どうにも疑わしい。この男の犬好きは嫌というほど知っているのだ。

疑いの目でヴィクトールを見ると、機嫌を取るようにルイーザの頬に唇を寄せた。

その二人のやりとりを見守っていた騎士がごほんとわざとらしい咳払いをする。

「誰が通るかわからない廊下で突然二人の世界に入るのはやめていただけますか？」

「あら……失礼しました」

レーヴェの存在を軽く忘れていたルイーザは、慌ててヴィクトールの胸を押して距離を取る。その様子を見てヴィクトールは、少々むっとしながらレーヴェに向き直った。

「……良いところで邪魔をするとは。まさか、ルイーザにただならぬ思いを抱いているんじゃないだろうな？」

それは、ない。

ルイーザとレーヴェの心が奇しくも一致する。

レーヴェは主の婚約者に邪な思いを抱くような男ではないし、どちらかというと令嬢の姿と犬の姿が重なって困っている部類だ。ルイーザもそれをわかっている。

しかしヴィクトールは追及の手を緩めない。

「思えば、以前からお前がショコラを撫でる手はいやらしかったね」

「いやらしい手で犬を撫でていたらそれはもう病気ですよ！」

悲愴感溢れる声でレーヴェが叫ぶ。ヴィクトールのトンデモ理論に流石のルイーザの頬も引きつった。

ヴィクトールが自分に求婚した理由は直接聞いたし、納得もしたけれど……まさか犬だった頃の自分に対する想い、では……、流石にない——はずだ。と、思いたい。

不幸にも、用事があって執務室に向かうファルクにこのやり取りを目撃され、哀れな騎士は『犬にただならぬ思いを抱く男』として暫くからかわれることになった。

後日談三：元王太子、現王宮の愛玩犬⁉︎

ふかふかのソファの上で目が開く。微睡(まどろみ)の中、徐々に意識を覚醒させた。

この国の王太子ヴィクトールは俯せに寝ていた体を起こそうとしたところで、自分の体に起こっている異変に気が付く。

きょろきょろと周りを見るが、間違いなくここは自分の執務室のソファの上である。

先ほどまで頭を乗せていたらしいクッションは、その名残で僅かに凹(へこ)んでいる。

恐る恐る視線を手元まで下ろすと、目の前にあるのは、黒い毛に覆われた前足。そう、手ではなく前足だった。

「アオ――――ン‼︎?」

（犬の足――――⁉︎?）

ヴィクトールが声にならない叫び――遠吠えともいう――を上げている最中に、ガチャリとドアノブが回り執務室へ人が入ってきた。

黒い騎士服に身を包みきびきびとした動作で歩く男は、ヴィクトール付きの騎士レーヴェだった。

何か書類を取りに来たのだろうか、ヴィクトールに目をくれることなく執務机へ向かっている。

「わん！　わん！」

（レーヴェ！　大変だ！）

ソファから下りて現状を伝えようとするが、もちろんそれは人間の声にはならなかった。自分の目の前で何か訴えるように吠える犬に対して、レーヴェは困ったように眉尻を下げる。

「どうしたんだ、一体？」

「わふわふ！　わん！」

（起きたら犬になっていたんだ！　助けてくれ！）

ヴィクトールは立ち上がり、レーヴェに前足をかけた。

大柄な騎士とはいえ、ヴィクトールも今は大型犬。立ち上がれば胸元あたりに前足が届く。必死に訴えるが、無情にもレーヴェには通じなかった。

「悪いな。俺は遊んでる暇はないんだ。ほら、外に出て暇そうな誰かに遊んでもらえ」

唖然としているヴィクトールの頭をぽんぽんと軽く撫でると、手早く執務室からヴィクトールを追い出した。

「アオーン‼」

（戻ったら減給だからな‼）

バタンと閉められた扉に向かって吠えるも、その扉からは何の反応もなかった。

（全く！　いつもは執務室からちょっと出ようとすると嫌な顔をするくせに！）

ここ最近は真面目に執務に取り組んでいたので随分減ってはいるが、長めの……非常に長めの休憩時間を取ろうとした時には必ず苦言を呈する騎士の姿を思い浮かべて、ヴィクトールは憤慨しながら城内を歩く。

もちろん、長めの休憩時間を諫めるのは幼馴染兼側近としては間違った行動ではないのだけれど、その点に突っ込む者はここにはいなかった。

執務室の前で肩を落としていると、後ろから聞き覚えのある声がした。

「あれ？　執務室追い出されたんですか？」

「わん！」

（ファルク！）

頼れる側近の一人であった。

毒気のない振る舞いと堂々とした態度は意外と大臣らからの受けも良く、周りとの調整役として重宝している側近だ。たまに生意気すぎて腹が立つが、不興を買わない一線を理解している節がある。

飄々とした振る舞いのせいでわかりづらいが、実は相手の機微を読むことに長けている彼ならば、ヴィクトールのこともわかってくれるかもしれない。

「わふん！」

（助けてくれ！）

「すみません、僕これからお仕事なんです」

（ファルクでもだめか……）

「ふふ、それにしても、相変わらず毛並みはいいのに能天気そうな犬だなあ」

「がう！」

（なんだとお前！）

「こらこら。じゃれずにお散歩してきてください」

耳を寝かせて抗議するも、全く意に介さないファルクはもしゃもしゃとヴィクトールの頭を撫でてから執務室に入っていった。

最も親しい側近二人への信頼が揺らぐのを感じながら当てもなく彷徨い歩いていると、ここ最近でよく顔を合わせるようになった男が目に入った。

書類を手に持ち立ち話をしているのは、ヴィクトールの婚約者であるルイーザの父ローリング伯爵だ。

「わふ！　わんわん！」

（伯爵！　助けてくれ！）

突然走り出した大型犬の姿に、道を歩く人はぎょっとした表情をしたけれど、そんなものは気にしていられなかった。

文官らしき男と話しているところに割り込む形になってしまったが、今はそれどころではない。

ヴィクトールはローリング伯爵に突進する形で助けを求めた。彼と話していた文官もヴィクトールの突進に驚き、サッと身を引いた。

愛娘が一時期犬にされていた彼ならば、ヴィクトールのことがわかるかもしれない。更に言えば、今こうなっている事情を知っているかもしれない。

レーヴェにした時と同様、伯爵に前足をかけて必死に訴えてみた。

文官は目を丸くして伯爵に声をかける。

「王宮の愛玩犬と呼ばれるだけあって、人懐っこい犬ですね」

(あ、愛玩犬だと！　私が⁉)

これでも一応王太子である。ルイーザが犬だった時は番犬として王宮で過ごしていたというのに、自分は愛玩犬とは。

「はは……いつもはこんなに飛びついてはこないのですが……。今日は機嫌が良いのか……それとも、私からルイーザの匂いでもするのかい？」

――ルイーザ！　そうだルイーザならわかってくれるはずだ！

ヴィクトールはぱっと婚約者の姿を思い浮かべる。

暫くの間、犬として過ごしていた彼女のことだ。自分が彼女の目の前で犬らしからぬ行動を取れば、元人間である可能性に気付いてくれるだろう。

いや、もしかしたら愛の力的なものでひと目見ただけでヴィクトールだとわかるかもしれない。

「わふ！　わんわん⁉」

（ルイーザは登城していないのか⁉）

「ルイーザなら研究塔にいるはずだ」

（何故か通じた！）

ダメ元で聞いてみたのに答えてくれた伯爵の勘の良さに内心慄く。

得た情報は、ルイーザが城にいるという喜ばしいものであり、少し苦いものでもあった。

研究塔、と言われてすぐに思い浮かぶのは、ある男のことだ。天才魔術師と呼ばれるその男は、ルイーザの犬時代に唯一言葉が通じる人間だったらしく、未だに二人はどこか気安いのだ。

ルイーザが彼に感謝をしている気持ちはわかるし、言葉がわかる人間がいたから彼女も人間としての自我を保ったままでいられたという理屈もわかる。

その点はヴィクトールとしても感謝をしないわけではないし、別に二人がやましい関係にあると疑っているわけでもないけれど、なんとなく面白くない。

元ポンコツ王太子は現在も狭量だった。

＊＊＊＊＊

（ルイーザは私が犬になったことを相談しているのだろうか？）

魔術師が詰める研究塔への道のりを歩きながら、ヴィクトールは考える。

人間よりは小型とはいえ、大型犬の体では徒歩でもそこそこ速い。本当は駆けて向かいたかったが、道行く人々を驚かせてはいけないとなるべく急ぎながらも歩いていた。

そもそも、何故『王宮の愛玩犬』などという通り名がついているのだろうか。愛玩犬扱いは解(げ)せないが問題はそこではなく、犬(自分)の存在が人々の間に浸透していることだ。

自分が今、犬になっているのだから『王太子ヴィクトール』は不在のはずであるが、レーヴェにも伯爵にも特に変わった様子はなく、王太子(ヴィクトール)であることにも気が付かない上で、犬であるヴィクトールを当たり前のように受け入れていた。

過去ルイーザに盛られた薬と同じものを盛られたのだとしたら、解呪薬が必要なはずだ。

去年のルイーザは、結局仕入れたものを使用する前に元の姿に戻ったのだが、今自分がこの姿ということは調薬に必要な材料が魔術師の手元にはないのだろう。去年仕入れたものは既に他のことに使っているか、長期保存に向かないものか。

異国にしかないその材料は入手するのには時間がかかるものだと聞いた。いつ発注したのだろうか。そして、いつ届く予定なのだろうか。……いつから、自分はこの姿なのか。

(まさか記憶が……抜け落ちてる?)

犬になっている期間が長ければ長いほど、体に引っ張られ人間としての自我を失い、完全な犬になっていただろうとルイーザは言っていなかっただろうか。

もし、既に自分が犬になって長く、完全な犬になりかけているのなら。今はたまたま一時的に人間の自我が戻っているだけだったとしたら。

現状が把握できていないことと辻褄(つじつま)が合う。

その事実に気が付いたところで、ぞくりと背筋が冷える。もう、駆け出さずにはいられなかった。

（自我があるうちにルイーザに会わなければ！　言葉は通じなくとも、あの魔術師がいるところならば通訳もしてもらえるはず！）

そして、あのほっそりとした白い手で撫でてほしい。あわよくば、抱きしめてほしい。自分が散々ルイーザ（ショコラ）の毛並みを楽しんだように、彼女に可愛がってほしい。

今ならば滑らかな頬を舐めても許されるだろうか。許されるはず。犬だし。

駆けているうちにヴィクトールは少し邪な気持ちになっていた。

そうこうしているうちに、屋外へ出る。城と裏門をつなぐ道のある裏庭から少し逸れたところに、研究塔がある。

急いでそちらへ向かおうとすると、一匹の犬の姿が目に入った。金の毛を持つ大きな雄犬である。裏庭のパトロール中なのか、ゆったりとした動作で歩いていた。

（レオじゃないか！）

頻繁に犬舎に通っていたヴィクトールには、すぐにどの犬かわかった。もちろん、本当の名前はレオではないのだけれど、過去に飼育員に犬の名を聞いた際に「番犬など、殿下が気になさることではございませんので……」と濁されたため、各犬に自分で呼び名をつけることにしている。個別の呼び名がないと不便だからだ。

レーヴェは「それは番犬に構うなということでは」と言っていたが、可愛い犬を構うなというのはヴィクトールにとって無理な相談だったので聞かなかったことにしている。

「わふ！　わふ！」

（レオ、遊ぼう！　遊ぼう！）

金毛の犬の前にたどり着いたヴィクトールは、上半身を低くし、お尻を高く上げながら尻尾を振った。自然と出てきてしまった、犬の遊んでポーズである。

突然遊びに誘われたレオは、首を傾げてヴィクトールを見つめるものの、誘いに乗ってくる様子はない。心なしか困っているようにも見えるが、気のせいだと思うことにして更に遊びに誘おうとしたら、突然現れた飼育員に止められた。

「こらこら。こいつは仕事中だ。邪魔したらいけないぞ」

そう言いながら、ヴィクトールの首をわしゃわしゃと掻くように撫でた。犬の扱いに長けた飼育員の手つきを堪能している最中に、現状を思い出してハッとする。

こんなことで時間を潰している暇はなかった。

（自分を見失うところだった……！　侮れんな、あの飼育員の手つき……いや、私は負けんぞ！）

むしろ、飼育員が来てくれなかったらもっと見失っていた可能性が高かったのだけれど、犬好きとしての謎の対抗心でひどい言いがかりをつけながら飼育員に背を向け、研究塔へ向かって駆け出した。

＊＊＊＊＊

調薬や魔道具の開発、遺跡から見つかった古代魔道具の解析などが行われる研究塔にヴィクトールが入る機会はそう多くはない。不慣れな場所ではあるのだけれど、以前ルイーザに同行したことがあるためノアという魔術師がいる研究室の場所は知っていた。

魔術師たちは各々の研究室に籠っていることが多いのか、塔に着いてからその部屋までは誰ともすれ違うことはなかった。

扉が見えたところで、微かに男の声が聞こえる。やはり、ノアは室内にいるようだ。

閉じられたドアの前で立ち上がりカリカリとドアノブを掻いてみたら、幸運にも装飾に爪が引っ掛かりどうにかノブを回すことができた。かちゃりと音がしてドアが緩んだところで、爪と鼻先でドアを開ける。

ノックもなしに突然ドアが開いたせいか、魔術師ノアは驚いた顔でこちらを見ていた。続けて、ノアが座るソファの正面に座っている者に視線をやる。

艶やかなチョコレート色の毛。ゆっくりと振り向いた、その瞳はキャラメルのような薄茶色。

……ただし、頭についているのはピンと立った三角の耳。見間違いなどありえない。婚約者の姿（犬）である。

一人と二匹の間に沈黙が落ちる。

（ルイーザがショコラになっている⁉）

自分だけでなく、ルイーザまで犬になっているとはどういうことだろうか。自分とルイーザ、揃って犬になる薬を盛られたのだとしたら。

(昼間はルイーザとじゃれ合いながら過ごし、夜は身を寄せ合って眠る。なんてことだ……！　もしかしたら、自分たちの子犬が産まれてしま――)

ヴィクトールはぶんぶんと首を振って幸せな妄想を打ち消す。

そんな甘いことを考えている場合ではないのだ。どうにかルイーザと魔術師に話をしなければ。

そう己を奮い立たせてから、後ろ足で思い切り床を蹴り、愛しの婚約者に飛びついた。

「ワオーン！」

(ルイーザ！)

――ガツン

＊＊＊＊＊

「ヴィー様？」

ちかちかと目の前に星が舞う。ヴィクトールは何故か天井を見上げていた。

視線を巡らせると、心配そうな表情をしているルイーザが屈んでヴィクトールの顔を覗き込んでいた。もちろん、その姿はショコラではなく人間である。読書の途中だったのか、その手には異国で出版されたという小説が握られていた。

ゆっくりと身を起こすと、執務室から扉一枚隔てた休憩室であることがわかった。

どうやら、ソファで寝ていて転がり落ちたらしい。彼女がいるということは、本日の妃教育を終えて会いに来てくれていたのだろう。自分が寝ていたから、本を読みながら時間を潰していたのかもしれない。

「頭をぶつけたみたいですけれど、大丈夫ですか？　……ひゃっ」

手のひらを握ったり開いたりしながら間違いなく自分が人間であることを確かめると、手早くルイーザを抱きかかえてソファに座る。膝の上に彼女を乗せ、ぎゅっと抱きしめて首元に顔を埋めた。

自分も彼女も、犬ではない。

ほっと安堵の溜息が漏れる。

「穏やかに眠っていらっしゃると思ったのですが……怖い夢でしたか？」

抱きかかえたルイーザの肩に顔を埋めると、柔らかい手が優しく黒髪を撫でる。

真面目なルイーザは、婚姻前の適切ではない接触を良しとはしないのだけれど、いつもと違うヴィクトールの様子を心配したのか今は受け入れてくれるようだ。

彼女は、ヴィクトールが執務に手を抜こうとすると面と向かって苦言を呈するほど気が強いが、本当はとても情が深い。

我儘（わがまま）に振る舞うと大抵は怒ったり困ったりするのだけれど、ヴィクトールがどうしても甘えたい時は、仕方のない人だと言いながら甘やかしてくれるのだ。

「……ああ、危うく子犬が産まれるところだった」

「意味がわかりません」

ばっさりと言われるが、相変わらず髪を梳くように撫でる手は優しい。寝惚けているとでも思われているのだろう。

しかし、思い返しても恐ろしく不可解な夢だった。

夢の内容を思い出しながら、なんとなくテーブルの上に目をやると、自分が昼寝をしてしまう前に飲んだティーカップが目に入り、あることを思い出した。

最近は婚姻前の式典準備などで忙しく、睡眠時間が減ってしまい、慢性的に疲労気味だった。それを、側近のファルクに相談したのだ。

『朝、すっきり目覚められるまじない付きの薬草茶がありますよ。ちょうど追加分をもらってきたばかりなので、もしよろしければ殿下もどうぞ』

ファルクはそう言いながら、魔術師から調合してもらったという薬草茶が入った小袋を差し出した。

確か……どんな味か気になって、それを休憩中に飲んだ。てっきり、リラックス効果のあるハーブティーのようなものだと思ったのだけれど。

ある魔術師がにやりと笑う姿が目に浮かぶ。やたらとルイーザと気安く話す、あの魔術師だ。

(あいつに変な物掴まされたんじゃないだろうな……‼)

「ファールークー‼」

執務室側の扉へ向かい、大声で側近を呼ぶ。抱きしめたままのルイーザは突然の大声にびくりと体を揺らすが、ヴィクトールは回している腕にぎゅっと力を入れて逃がさなかった。

がちゃりと音を立てて扉が開き、側近が顔を覗かせる。特に何かを後ろめたく思う様子もなく、叱られるとも思っていないようだった。

「なんです？　大声なんて出して」

「お前が変な茶を寄越すから散々な思いをしたんだぞ！」

憤るヴィクトールの声を聞いたファルクは、ちらりとテーブルの上のティーカップを見て目を丸くした。

「え、安眠のためのお茶なのに昼間から飲んだんですか？　夜寝る前に飲んでくださいよ」

「試飲した後うっかり昼寝してしまっただけだ！　大体何が安眠だ！　私とルイーザが揃って犬になる夢を見て安眠どころじゃなかったぞ！」

「……それは恐ろしい夢ですね」

犬だった頃を思い出したのか、ルイーザはぶるりと体を震わせた。「犬生活で学んだことは多かったが二度と御免(ごめん)だ」と言っていた彼女にとっては想像するだけで恐ろしい夢だろう。

しかし、ヴィクトールの憤りが通じないのかファルクは呑気に首を傾げる。

「悪夢を見たんですか……？　おかしいなあ。幸せな夢を見て、今日も頑張ろうって気分で起きられるはずなんですけどねえ」

今度はヴィクトールがびくりと肩を揺らす番だった。

先ほどはソファで寝ていたために寝返りで転がり落ちて目が覚めたけれど、もしも普通のベッドで寝ていたとしたら。

あの夢の先は、犬になった自分とルイーザで、もふもふいちゃいちゃしながら過ごすというものだったのではないだろうか。

……幸せになる前に目が覚めただけで、本来とんでもなく幸せな夢だったのでは。

そこまで思い至ったところで、腕の中にいる無言の婚約者から冷え冷えとした空気が漂ってきていることに気が付き、ヴィクトールは暫く顔を上げることができなかった。

後日談四．元番犬と王太子と愛犬

——すぅ……はぁ、ああ、たまらない……。

ローリング伯爵邸の応接室。そこは、客人を迎えるために質の良い家具で調えられている。その静かな空間にそぐわない荒い息遣いが響いていた。

男は艶やかな焦げ茶の毛の流れに沿うようにゆっくりと何度か手を這わせた後、そこに顔を埋めて息を大きく吸い込む。

数秒後、満足そうに顔を上げるとそのまま頬をその毛に埋め、ふかりとした感触を楽しんだ。

「ああ、可愛い……可愛いね……至福だ……」

恍惚とした表情で呟く男の声が部屋の中に落ちる。

ルイーザは冷ややかな目でその様子を眺めながら、手に持っていたティーカップをそっとテーブルに置いた。お気に入りの茶葉で淹れた紅茶のはずが、目の前の光景のせいでその香りを心から楽しめない。

応接室……ルイーザの目の前では、この国の王太子でもある婚約者のヴィクトールが、ソファの上で伯爵家の愛犬〝ルイ〟の背中に顔を埋めていた。

大型犬にもかかわらず箱入りの室内犬として育てられているルイはなかなかに図太い性格らしく、後ろからしがみつく男に頓着せずに一心不乱に手土産——牛皮を乾燥させた犬用おやつをかじっている。

ヴィクトールが度を超えた犬好きであることは承知の上で婚約を結んだし、そこを差し引いても良いところは知っているので、ルイーザはきちんと彼のことを想っている。

ただ、この様子は控えめに言ってもちょっと引く。

「ヴィー様って、犬舎に来た時はいつもあんな感じでした？」

「まあ、概ね……」

王太子による伯爵家訪問の護衛としてついてきていた、過去の事情を知る数少ない人物——レーヴェに問いかけると、言葉を濁しながらも肯定された。

自分自身が犬であった時は、今とは微妙に感覚も違うし、他人に触れられる羞恥心や嫌悪感もなかったため意識していなかったが、改めてヴィクトールの犬愛を客観的に見てしまうと想像以上に強烈だった。

幸せそうな表情で犬の背に頬擦りする男もさることながら、全く気にせずおやつをかじる愛犬の大物っぷりもこの状況を混沌とさせている要因だろう。

「私も、当時は今のルイみたいな感じだったのかしら……」

「……」

ルイーザの呟きを拾った騎士は、そっと目を逸らして聞こえないふりをした。

「いっそ笑って肯定してくれた方が傷が浅いわ」

「ルイーザ、そんなことはないぞ」

騎士に文句を言ったところで、犬を愛でていたヴィクトールが顔を上げて否定した。もちろん、顔は上げつつも犬を撫でる手は止まらない。

「ショコラとルイは確かに見た目は似ているが、やはり反応は微妙に違う。ショコラはこういう長持ち系のおやつを渡すと、一旦どこかへ隠してから戻ってきていただろう。あわよくば次をねだろうとチラチラこちらを見ながら撫でさせてくれるのがとても愛らしかった」

「……気のせいではないでしょうか？」

「いいや、ショコラのおねだりが可愛くて、ついついおやつをあげすぎてレーヴェに叱られたことまでよく覚えているよ」

ルイーザはにこりと微笑んで形だけ誤魔化すが、心当たりは大いにある。犬だった頃、小首を傾げて前足で膝をつつくと、ヴィクトールは高確率で追加のおやつをくれたのだ。

そんなルイーザの複雑な心境に気が付かないヴィクトールは、まるで愛しい思い出を辿るように話しているが、本物の犬以上に食い意地を張っていたと言われているようにしか聞こえない。

言い訳をすると、一頭飼いで競争もなく家族や使用人から甘やかされているルイと、餌の取り合いはないものの多頭飼いだったルイーザでは飼育環境が違う。

美味しいものを隠して後で楽しもうとするのは、犬の本能として仕方がないことのはずだ。別に他の犬以上にルイーザの食い意地が張っていたわけではない。……はずだ。

抗議の意味を込めてルイーザがすっと目を眇めてむすりとした表情を作ると、その時点でヴィクトールは何かを察した様子で慌ててルイを撫でまわしていた手を離す。

「その、私は犬が好きだしルイは犬の中でも特に可愛らしいが、それはショコラに似ているからで……。いや、その、確かによく似ているが……私が一番可愛いと思うのは君だ」

ルイから手を離したヴィクトールは、まるで浮気の言い訳でもするかのように早口で弁明をする。浮気相手（仮）は犬だけど。

最後の一言だけ聞くと熱烈な告白のように聞こえるが、その前の言葉のせいでルイーザは喜ぶに喜べない。なんとも言えない微妙な表情になるルイーザをよそに、ヴィクトールは少し照れたように頰を掻く。

「まあ、ショコラの時から少しやきもち焼きなところがあったからな……」

「え？」

「うん……私としてはルイーザが望むならやぶさかではないが……今君は人間なのだし、婚約者とはいえ未婚の令嬢をやたらと撫でまわすわけにはいかないだろう。どのみちあと半年もしないうちに結婚するのだからもう少しだけ我慢しよう」

ヴィクトールの中で、何故かルイーザがものすごく撫でられたい人のようになっている。しかも諭されている風なのがまた解せない。

ルイーザとしてはたとえ結婚した後であっても、先ほどのルイのように背中にしがみつかれるのはご遠慮申し上げたいのだけれど。

どうしたものかとルイーザが視線を彷徨わせた時に目が合った騎士は、同情を乗せた表情でゆっくりと首を横に振った。

（……あ、これはもう話通じないやつだわ）

後日談五．聖樹の刺繍

社交シーズンも折り返し時期を過ぎ、厳しかった日差しが和らぐ頃、秋の訪れが迫っていた。

その年の実りに感謝を捧げる豊穣祭を終えると、冬の訪れと共に王都での社交シーズンが終わる。

豊穣祭の翌日、ルイーザとヴィクトールは結婚式を挙げる予定だ。

結婚式までは、あと二か月ほど。

異例というほどではないが、公に婚約を発表してから婚姻まで一年に満たない期間であったため、お互いに慌ただしい日々を過ごしている。

ルイーザは、王家の歴史を学ぶ授業の後にヴィクトールの執務室に向かっていた。二人は忙しい中でも極力時間を合わせ、共に過ごす時間を作るようにしている。

執務室の前に辿り着くと、扉の前に見慣れた近衛騎士の姿があった。

「ごきげんよう。ヴィクトール殿下はご在室かしら？」

「はい。王太子殿下は中でお待ちです」

騎士がルイーザの訪れを告げたのちに入室を促された。

執務室の中は、相変わらず質の良い調度品とぎっしりと資料の詰まった本棚が並んでいる。まるで模範的な〝できる男〟の部屋のようで、ヴィクトールの素顔を知るルイーザからすると最初は少々意外に感じたが、社交界での印象——可もなく不可もない王太子としては、それなりにイメージ通りかもしれない。

執務机にいた部屋の主が、微笑みながらルイーザを迎えた。

いつもの執務室。ただし、本日は一つだけ様子が異なっている点がある。

「よく来たね、ルイーザ」

「ごきげんよう、ヴィー様。リックもごきげんよう」

執務室の端に新しく設置された犬用クッションから、黒い犬がのそりと起き上がってルイーザの目の前まで来るとお行儀良くお座りをした。

リックは、結婚を目前に控えたルイーザたちの愛犬となる予定の犬——マリーの子供である。

最近、躾の最終段階に入ったために、一日のうち数時間、環境慣れのために執務室で過ごすことになったらしい。

ルイーザとヴィクトールは、何度か一緒に犬舎に通って家族となる子を選んだ。マリー譲りの艶やかな黒い毛並みと父犬譲りの薄茶色の瞳を持つ、愛嬌のある雄犬である。

候補には、マリーそっくりの黒い毛に金の目……どこかヴィクトールを思わせる配色の犬もいたのだけれど、最後はヴィクトールの強い希望でリックが選ばれた。

「黒い毛にキャラメル色の瞳なんて、まるで一足早く子供を迎えたみたいだね」

とヴィクトールは照れたように微笑んでいたが、他意はないと思いたい。両親も、伯爵家の愛犬ルイのことを娘のように可愛がっているし、決してヴィクトールの脳裏にショコラの姿が浮かんでいるわけではない――と思いたい。

ちなみに名前だが、この国の初代国王と同じ『バルドリック』とつけようとしたヴィクトールを必死に止めて『リック』にしたのはルイーザだ。身分問わず我が子に偉人にちなんだ名付けをする親は珍しくないが、犬に建国王の名は流石に壮大すぎる。

向き合ってお茶を飲みながら、近況を報告し合う。ヴィクトールの表情は明るいが、やはり忙しいことには変わりないらしい。疲労が少し顔に残っている。

「ご自愛くださいませね？」

「今まで適当にやってきたツケが回ってきたからね、仕方ないよ。ルイーザも、忙しいのに頑張ってくれているだろう？」

確かに今、学ぶことは多いが、基礎があるため授業もそう辛いものではない。さらに言えば、元々机に向かうことは苦にならないので特に疲労は感じていなかった。

それでも、婚約者の気遣いが嬉しくて、ルイーザは微笑んだ。

＊＊＊＊＊

女性の華やかな声が会場に響いている。

元々ルイーザは社交に積極的な方であったが、今年のシーズンは王太子の婚約者として公式に発表されたために招待状の数は格段に増えた。

今日参加しているのは、王家とも縁戚にあたるマイヤー公爵家で開催されているお茶会だ。主に若い世代の令嬢が招待されているためか、テーブルやティーセットなどは可愛らしいもので統一されていた。

同世代の娘たちが集まると、話題はおのずと恋の話や婚約者との話が多くなる。特に、ルイーザは電撃的に婚約発表がされたこともあってか、その手の話題を向けられることが多い。

「まあ、それでは頻繁に殿下にお会いしていらっしゃるの？」

「はい。殿下はお優しい方ですから、お忙しい中でも私が登城する際に時間を作ってくださるので」

きゃあ、と感嘆の声が上がる。

令嬢たちは、優しく誠実な麗しの王太子との逢瀬に興味津々らしい。

いや、優しいのも誠実なのも容姿が美しいのも間違ってはいないのだけれど。ルイーザの中では、どうしてもでれでれとしながら犬を愛でている印象が強い。

「では、今年の豊穣祭はやはり、あのジンクスにあやかるのですか？」

「ジンクス……ですか？」

豊穣祭に、ジンクスなどはあっただろうか。実は元々恋愛事の話題に明るくないルイーザが首を傾げると、デビューしたての若い令嬢が頬を染めながら頷いた。

「女性から男性へ聖樹の葉を刺繍したハンカチを、男性からは女性へ花を模した装飾を贈り合うと絆が固くなるというお話ですわ。元々庶民の間で囁かれていたそうなのですけれど、ここ数年は貴族でもそのようにする方が増えてきているのですって」

そう呟いた令嬢は、きっと、ロマンスの類が好きなのだろう。指を組んで瞳をきらめかせている。

「まあ……。刺繍ですか」

「はい。きっと、刺繍の入ったハンカチーフを贈られたら殿下もお喜びになりますわ。ルイーザ様でしたらきっと素晴らしい刺繍をなさるのでしょうね」

純粋に憧れの表情を向けてくる令嬢に、ルイーザは曖昧に微笑んだ。

王太子妃候補として競い合った令嬢たちからは、やっかみの視線を感じることも少なくないのだが、彼女のように今年デビューしたての者は競争関係にあったわけではないので、彼女のように慕ってくれることが多い。

「わたくしも婚約者と豊穣の誓いを約束したんです。今、刺繍を練習しておりますの」

「私のお相手はジンクスのことは知らないと思うので、約束はしていないのですけれどハンカチはお渡ししようと思っていて……」

「まあ。でも、もしお互いに約束せずに贈り物を用意していたらとっても素敵ね」

別の令嬢が顔を嬉しそうに綻ばせて言うと、実は私も、と何人かが後に続いた。王太子の婚約者が決まったことで、その後を追うように今シーズンは若い世代の婚約が何組も結ばれたのだ。

ルイーザは、素敵ですねと話を合わせながら内心冷や汗を流した。教養に作法と、必死に学んできたルイーザだけれど、実は刺繍が大の苦手なのである。

(ヴィー様は……このジンクスはご存じなのかしら)

芸術とは歴史に関連があることが多い。そういったものを理解するのは得意なのだが、単純に手を動かす刺繍や絵画、レース編みなどは、壊滅的……とまでは言わないが、決して自慢できるレベルではない。具体的に言うと、中の下程度である。

未だ盛り上がる令嬢たちに話を合わせながら、ヴィクトールのことを思い浮かべた。

元々視察に一生懸命な方ではなかったみたいだし、最近は真面目に色々取り組んでいるとはいえ基本的に城に籠りきりだ。

空いた時間は、ルイーザと会うか犬を愛でるかに充てているのでそう城下に降りる機会はないと見ていいだろう。

(庶民の中で流行り出したことみたいだし、ご存じない……わよね?)

＊＊＊＊＊

「デートですか?」

「ああ、なんとか半日休みが取れそうなんだ」

「私の予定に問題はありませんが……ヴィー様は大丈夫なのですか? お疲れではないかと思うの

ですが……」

執務室での逢瀬の時間。嬉しそうなヴィクトールから、デートの提案をされた。

結婚や豊穣祭の準備のため、最近はまとまった休みが取れず、睡眠時間も減ってきていると聞いている。共に出かけられるのは嬉しいが、ヴィクトールの体調の方が心配だった。

「大丈夫だ。ルイーザと一緒ならば、きっと良い息抜きになる」

恥ずかしげもなくさらりと言うので、ルイーザは逆に照れてしまう。この人は、いつもストレートに気持ちを表現するのだ。

逆に、ルイーザはいつも照れ臭くなってしまい、素直になれないことが多い。見習わなければと、心の中でこっそりと決意した。


よく晴れた休日、二人は馬車に揺られていた。装飾こそ控えめなお忍び用のものではあるが、揺れも少なく乗り心地は好い。

いつも身に着けるドレスではなく、今日はブラウスにフレアスカートという商家のお嬢様風である。隣に座るヴィクトールもまた、生成りのシャツに黒のベスト、スラックスという中流階級のお忍びのような服装をしている。

王太子の姿絵は広く出回っているため、髪と瞳は魔術で茶色く変えているが、美丈夫のためにどうしても目立つだろう。逆になんの問題もなく民衆に紛れる自分の姿を想像して、ルイーザは少しだけ肩を落とした。

「この時期はやはり、賑(にぎ)やかだね」

「ええ。今月は豊穣祭に向けて皆活気づいていますね」

少し良いレストランでランチを取り、少し街を歩く。いたるところに豊穣を表す広葉樹の枝や花が飾られていた。

大きな荷物を抱えた家族連れ。元気の良い呼び込みに、腕を組んで歩く男女。行き交う人々の表情は明るい。豊穣祭前が喜びに満ちるのは、災害や戦争などがなく実り良い一年だった証拠だ。

「皆、良い表情をしていますね」

「そうだね。……情けないけれど、この生活を守りたいと責任を感じたのは初めてだよ。多分、ルイーザがいなければずっと知らないままだった」

ヴィクトールの長い指が、ルイーザの髪をそっと撫でてから、今日の記念にと贈られた髪飾りに触れた。

視線を合わせると、薄い唇が真一文字に結ばれていた。心なしか、目の下も少し赤らんでいる。社交の場ではいつも笑顔、プライベートでは表情豊かな彼が、こんな表情をするのは珍しい。

少し緊張をはらんだその様子に、ルイーザの方もどきどきしてしまう。

「……ルイーザは、特に好きな花や思い入れのある花はある？」

ゆっくりと開かれた口から飛び出た言葉は、なんの脈略もない質問だった。何か伝えたいことが言えずに世間話のような質問になったのかと首を傾げながら、答えを探す。

これまで、ヴィクトールはたびたび花を贈ってくれた。大抵は季節の花をアレンジした品の良い花束で、どれも自室に飾られ、暫くの間ルイーザの目を楽しませてくれていた。ルイーザは、過去に贈られた花たちを思い浮かべながら質問に答える。

「花ですか？　……そうですね、あえて挙げるのであれば定番ではありますけれど、薔薇でしょうか。目でも香りでも楽しむことができるので、部屋に飾ると華やかな気持ちになれますから。でも、ヴィー様からいただく花は薔薇に限らずどれも私を楽しませてくださいましたよ」

だから、今まで贈ってもらったものも十分嬉しかったのだと言外に告げてみる。

しかし、伝わっているのかいないのか、ヴィクトールは何かを思案するように己の顎に指先を添えて視線を彷徨わせた。

「薔薇、薔薇か……。ああ、いや別に、何かあるわけではないんだ。なんとなく気になってね。その、今後の……花束を贈る時の参考にもなるしね。なんとなく」

（……隠し事下手すぎないかしら？）

これでは、何かあると言っているようなものである。花という言葉で思い出すのは豊穣祭のジンクスだ。

先日のお茶会で、「互いにサプライズで贈り物を用意していたら素敵」と一人の令嬢が言っていたのを思い出す。

実は、ヴィクトールは少し夢見がちなところがある。もしかして、聖樹の葉の刺繍と花の装飾を恋人たちが贈り合う、あのジンクスをこっそり期待しているのではないだろうか。

婚約者の可愛らしい願いなら、極力叶えたい気持ちはある。しかしそこに立ちはだかる壁は、ルイーザの刺繍の腕だった。

＊＊＊＊＊

六回、ルイーザの指に針が刺さった時、ラウンジに母が姿を現した。

「ルイーザ、練習は進んでいるかしら？」

「そうね、そろそろ指先が痛くなってきた頃だわ」

「……貴女、昔からこういうのだけは苦手よねえ」

ルイーザの向かいに座った母は、眉尻を下げながらテーブルの上に放置された端切れを持ち上げる。刺繍の練習による、残骸たちだ。

元々、ルイーザはセンスが悪いわけではない。自分に似合う色はわかっているし、ドレスと装飾のデザインや配色などを見定める目は持っている。ただし、そういった感覚を自ら絵や刺繍に落とし込むことが出来ないのだ。

刺繍が得意な令嬢などは、まるで絵画のように花や小動物が配置された作品を仕上げるのだが、ルイーザの腕にかかると下絵の時点でどうにも間が抜けた野暮ったいものになってしまう。

ならばせめて、仕上がりだけでも美しくなるようにと今必死で布地に図柄を描く練習をしているところである。

「まあ、こういうのに一番大切なのは気持ちよ。王太子殿下はお優しい方だし、きっと喜んでくださるわ」

「……私的なものとはいえ、ヴィー様にお渡しするんだもの。持ってて恥ずかしくなるようなものにするわけにはいかないわ」

手元の木枠に目を向ける。

練習用の布に緑の糸で描かれた葉。空いた時間を見つけては針を進めたおかげでどうにか形にはなっているが、まだどこか歪に感じてしまう。

愛嬌のあって可愛らしいタイプの娘であれば、少し拙いものであってもまだ良かったかもしれないけれど、プライドが高く、普段から妥協を許さない努力家のように振る舞っておきながら、子供が作ったような刺繡を出したら恥をかくだけだ。

ヴィクトールであれば、どんなものを渡しても馬鹿にしないと思うけれど……元々夢見がちなところのある彼のことだ。女性が刺した刺繡といえば、華やかで可愛らしいものをイメージしていることだろう。

そこにルイーザが拙いものを渡したならば、馬鹿にせずともがっかりはさせてしまうかもしれない。

ルイーザは決意したように、顔を上げて端切れを眺める母に向き合った。

「まだ、少し時間はあるもの。できるだけ頑張るわ」

「そうそう。王太子殿下から贈り物が届いているわよ」

ちょうどそこに、大きな箱を持って侍女が入室してきた。

ルイーザが座るソファの隣に箱が置かれる。白い蓋をそっと持ち上げると、さらりとした手触りの生地が姿を現した。落ち着いた深い紺色に、金色の刺繍が華やかさを添えている。ルイーザが反応するよりも早く母が声を上げた。

「まあ、豊穣祭のドレスね」

「そうね、……すごく素敵」

闇夜に瞬く星のような刺繍は、どこかヴィクトールの瞳を連想させる。胸元や腕は細緻なレースで飾り付けられており、手の込んだものであることがわかった。

それを見てルイーザは改めて決意する。

（豊穣祭の夜会で、絶対に立派な刺繍をお渡ししてみせるわ）

＊＊＊＊＊

先日の決意を思い出しながら、ルイーザはいつもよりも緊張した面持ちでダンスを踊る。明るい光に包まれた絢爛（けんらん）な会場で、着飾った紳士淑女が手を取り踊っていた。今は、豊穣祭を祝う夜会の真っ最中だ。

もちろん、その身を包むのはヴィクトールから贈られたドレスだ。ステップを踏むたびに、さらりとしたドレスの生地がルイーザの足元で揺れた。

「本当に、よく似合ってる。すごく綺麗だよ」

「ありがとうございます」

あまりにもまっすぐなヴィクトールの視線と言葉に、思わず頬に熱が集まった。

婚約前も婚約してからも、彼とは何度も踊ったけれどこんなにも緊張しているのは初めてだろう。変に意識してしまい、視線をちらりと合わせてはすぐに逸らしてしまう。

緊張の理由は、もちろん聖樹祭のジンクスだ。なんとか昨夜完成した刺繍は、決して素晴らしいとは言えないが、自分なりに精一杯のものになった。いつでも渡せるようにドレスの隠しに潜ませている。

(……肝心の、渡すタイミングが全然わからないわ)

ヴィクトールから何かアクションがあるかとも思うが、先日のデートで薄々察したとはいえ刺繍と装飾品の交換を約束したわけではない。

もし予想が外れたとしても、せっかく苦労しながら刺したハンカチなのだし、自分だけでも贈り物はしたいのだけれど。


その後ヴィクトールのエスコートから離れ、夫人や令嬢たちと言葉を交わしていた。ヴィクトールも、同じように紳士たちの挨拶を受けているはずだ。

今日の豊穣祭が終われば、二日後には結婚式を予定している。祝いの言葉を伝えようとする者たちは結構多い。

社交は苦手ではないけれど、あまりにも途切れることのない人々に少しだけ疲労を感じてきた。

少しだけ休憩するつもりでパウダールームに向かうと、廊下の隅にヴィクトールの姿が見えたが、一人ではないようだ。彼の目の前には、淡いピンク色のドレスを纏った可憐な令嬢がいた。

令嬢が差し出しているものを見て、ルイーザは息を呑む。

会場からの音楽に消されて二人の声は聞こえない。距離があるので、令嬢の手元もきちんと見えるわけではないけれど――緑色をベースに、花か鳥だろうか、遠目にも綺麗な色合いのモチーフで緑の周りを飾ったハンカチ。

なんとも言えない気持ちになり、これ以上見ていられなくなって、気付かれないようにそっと踵を返した。


人の間を縫うようにして逃げ込んだのは、広間のバルコニー。

室内からも見えて安全面に不安もない場所のためか、一人で休んでいる令嬢や手を取り合う夫婦など、外の空気に当たっている者がぽつぽつといる。

夜会の灯りを背に受けながら、そっと自分のハンカチを出す。

豊穣祭のジンクスは、恋人たちのためのもの。しかし片想いであっても――想いだけでも告げたくて、または一縷(いちる)の望みをかけて、刺繍入りのハンカチを渡す女性がいてもおかしくはない。

もちろんヴィクトールは、決して不誠実な人間ではない。迂闊にあの令嬢の気持ちに応えると思っているわけではないけれど。

先ほど出した自分のハンカチを眺めながらルイーザは惨めな気持ちになってしまう。

令嬢からヴィクトールに差し出されたハンカチは、手のひら大のスペースに鮮やかな色合いがちりばめられたものだ。手に取ったわけではないけれど、自分のものと比べてどうかなんて遠目でもわかる。

コイン大の小さな葉が二枚。それは聖樹の葉というより、ただの葉っぱだ。二枚の葉が対称に並んだ中央に、さらに小さな肉球がワンポイントでついている。

苦手だからせめてひと針ひと針正確に丁寧にと思い、単純な絵柄を三日かけて刺繍したが、刺繍が得意な令嬢であれば一、二時間で仕上げてしまうだろう。

美しい刺繍を見た後の彼にこんなものを渡して、拙い上に手抜きだとでも思われたら目も当てられない。

（……なんでこれで良いと思ったのかしら）

しいて言えば、数日間繰り返し同じ柄を練習していたせいで感覚が麻痺していたことと、なんとか豊穣祭前に完成できたことによる達成感と高揚感で冷静になれなかったことが敗因だろう。

もちろん、認めたくはないが持ち前のセンスによる部分もある。仕立て屋や商人と相談して流行りを取り入れつつ良いものを選ぶのは苦手ではないのだけれど、一から自分で決めて作るのにはまた違ったセンスが必要なのだ。

ヴィクトールといえば犬だと思って選んだワンポイントがどこか間抜けさをかもし出している。どうひいき目に見ても、二十歳手前の女性が選んだモチーフには見えない。

どこかの令嬢がヴィクトールに差し出していた華やかなハンカチを想像して……それを受け取る

彼の姿を想像して、くしゃりとハンカチを握った。

嫉妬なんて、したくはない。劣っているものがあるのなら、その分別のところで補えばいい。そうやって今までは前を向いてきたはずだ。

それでも、今回は他のことで補うのではなく、苦手であっても刺繍でなければと思ったから。

他でもない、ヴィクトールの期待に応えたいと思ったから。


少し冷えた秋の夜風に当たっていると、柔らかな声が耳に入った。聞きなれたその声に、慌ててルイーザはハンカチを隠しに入れた。

「ルイーザ、こんなところにいたの？」

「ヴィー様……。すみません、少し疲れてしまって」

眉尻を下げて誤魔化すと、それを見透かしたようにヴィクトールの指がルイーザの目元に触れる。

「さっき、廊下でルイーザの姿を見たよ。声をかけたけれど、聞こえなかった？」

「……気が付きませんでした」

目を逸らしながら零した言葉は、あまりにも白々しい。きっと嘘だとばれているのだろう。

「受け取っていないよ。応えるつもりもないのに期待など持たせられないからね」

何が、とは言わなかったけれど、先ほどのことだとわかってしまったし、彼もまた伝わったことを確信しているのだろう。

ヴィクトールは少し拗ねた様子のルイーザの手を取ると、ゆっくりとそこに口づけを落とした。

物語の王子のような姿に思わず見惚れていると、取られた手に何か握られていることに気が付く。手のひらに収まるほどの箱だ。

「これは……」

「開けてみて」

箱の中のビロードの生地に置かれたそれは、薔薇を模した金細工と青い宝石がついた耳飾りだった。小ぶりなので派手さはないけれど、繊密で美しい細工はどんなドレスにも合わせられそうだ。ルイーザの好みに合っていて、彼がよく考えて選んでくれたことがわかる。

「素敵。嬉しいです。ありがとうございます」

「……ねえ、ルイーザ。さっきは慌てて何か隠したでしょう？」

耳飾りの入った小箱を持つルイーザの手をその手で包みながら、ヴィクトールは首を傾げた。彼の目は何もかも察しているようだ。

ルイーザだって、できれば渡したいのだ。……あまりにも自分の刺繡が拙いせいで出すに出せないだけで。

「ね？　……ルイーザ」

「笑わないでくださいね。……刺繡はあまり得意ではないのです」

ヴィクトールの期待を含んだ瞳に観念したルイーザは、渋々ハンカチを出した。図面は拙いけれど、その分時間をかけて刺したので、糸に乱れは見られないはずだ。

そっと様子を見ると、ヴィクトールはぽかんとした表情で受け取ったハンカチの刺繡を見つめている。

暫く動きのない彼を見ているうちに、じわじわと羞恥が襲う。やはり、王太子に贈れるようなものではなかったのだと涙が滲みそうになった。

「あの……すみません、やっぱり」

「嬉しい……。ありがとうルイーザ！　一生大事にする。君も、このハンカチも！」

反応のない彼に焦れたルイーザが返してもらおうと声をかけたら、顔を上げたヴィクトールに抱きしめられる。

表情は見えないけれど、声色だけでもお世辞でなく本当に喜んでくれていることは伝わってきた。

ルイーザの微妙なセンスの刺繍を見たというのに、その声に茶化すようなものは含まれていない。

「刺繍はあまり得意ではないと聞いていたが、私のために一生懸命考えて作ってくれたのがよくわかる。ハンカチを見て、こんなに愛しい気持ちになるなんて知らなかった」

情報源は言われなくてもわかる。父か母だろう。練習するルイーザを微笑まし気に見つめていた二人の視線を思い出す。

少し体を離して顔を上げると、赤らんだ頬と熱っぽい瞳が返ってきた。いつもよりも少し妖艶な様子の彼にどきりと心臓が跳ねる。

「ご存じだったのですね、苦手なこと……。来年は、もっと立派なものをお渡ししますので、そうしたらそれをお返しください。……あまりにも拙くて恥ずかしいので」

「……君からまたもらえるのは嬉しいけれど、これはもう私のものだから返さない。綺麗に仕上がっているし、この足跡も可愛い。恥ずかしいことなんてないよ」

「ヴィー様……」

こんなもので喜んでくれるのは、きっと彼くらいだろう。

至近距離で、ヴィクトールの顔を見る。うるさいほどに心臓が鳴り、目を離したいのに離せない。

そっと頬に添えられた手のひらから、ヴィクトールの熱が伝わってくる。

黄金色の瞳がとろりと細められ、端整な顔が近づいてきたことに驚き思わず目を閉じた瞬間、唇同士が触れ合った。

柔らかく唇を食(は)まれるような感触に頭が真っ白になりかけたところで微かな黄色い声が耳に入った。もちろん、声を出したのはルイーザではない。

はっとして周りを見ると、二人はその場にいた人たちの視線を集めていた。頬を染めてこちらを見ている。

すっかり忘れていたが、ここは広間を出てすぐのバルコニー。ルイーザは目の前のことに必死で気が付かなかったけれど、王太子がいるとなれば注目を浴びるのは当たり前だろう。

「……‼」

「今日はここまでにしておこう」

ヴィクトールは、羞恥と混乱で唖然としているルイーザを抱き寄せると、素早くその額に唇で触れた。

フェアリーキス
NOW ON SALE
落ちこぼれ子竜の縁談
Ochikobore koryuu no endan
1～2巻
閣下に溺愛されるのは想定外ですが!?
Hinata Kuru
くるひなた
Illustration 泉美テイヌ
人になっても子竜になっても、
軍司令官閣下に愛でられまくり!?
竜の血を引く貴族令嬢パティの秘密は、ふとした弾みに子犬サイズでピンク色、お腹ぽってりの役立たずな子竜になってしまうこと。そんなコンプレックス持ちの彼女の縁談相手は、部下に厳しく動物嫌いと思しき軍司令官閣下。彼の最初の印象は最悪だったけれど、うっかり子竜姿で彼と出会った瞬間、二人の関係は変わり始める。実は可愛いもの大好きだった閣下との恋の行方は!?
フェアリーキス ピュア
fairy kiss
定価：本体 1200 円＋税
Jパブリッシング
https://www.j-publishing.co.jp/fairykiss/

この王子様から
逃げ切るのは
難しいかもしれない
ほづみ
Hodumi
Illustration
氷堂れん
フェアリーキス
NOW ON SALE
超自立志向な元伯爵令嬢、
オレ様王子に目をつけられる!?
「舞踏会さえ付き合ってくれたら、王太子を好きに使っていい。お買い得だろう？」没落した元伯爵令嬢のローゼが市場で出会った青年は、変装して城を脱走してきた王太子だった。彼が持ちかけたのは、舞踏会でのお妃選びを台無しにする「かりそめの恋人契約」。引き受けたローゼだったが、舞踏会が終わったら今度は王太子の執務室で働かされることに!?　平民として堅実な生活を送りたいのに、王太子にあの手この手で褒美をちらつかされ……？
フェアリーキス
ピンク
fairy kiss

元王太子妃候補ですが、現在ワンコになって殿下にモフられています

著者　モンドール

2021年1月5日　初版発行

発行人　神永泰宏

発行所　株式会社 J パブリッシング

〒102-0073　東京都千代田区九段北1-5-9 3F

TEL 03-4332-5141　FAX03-4332-5318

製版　サンシン企画

印刷所　中央精版印刷株式会社

ISBN：978-4-86669-359-0
Printed in JAPAN